不疑

葉室麟短編傑作選

葉室 麟

角川文庫
24001

目次

鬼火

男の子が走っていた。

甲州街道《こうしゅうかいどう》、日野宿《ひのじゅく》近くの道である。

武士の子なのだろう。前髪につけ髷《まげ》を結っている。

まだ、七、八歳だ。必死で走る。薄《すすき》が生い茂った野原だ。

すでに日が暮れかけた夕刻である。

あたりを夕焼けが赤く染めていた。男の子はこの近くの唐辛子《とうがらし》を供えれば願い事がかなうという、

——唐辛子地蔵
に参りに来た。手にはお供え物の唐辛子を持っていたが、落としてしまった。懸命に走りながら、時々、後ろを振り返る。

追ってくる男がいるからだ。

総髪《そうはつ》が後ろに後退して額《ひたい》が広く、目が落ちくぼんで鼻梁《びりょう》が高い顔をした浪人者だ。

街道を歩いていたとき、いつの間にか後をつけられた。

(ひとさらいかもしれない)

危険なものを感じて駆け出した。ところが浪人は追ってくる。足が速く、いまにも追いつかれそうだ。

男の子は息を切らせ、足がもつれた。悲鳴をあげて倒れた。

追いついた浪人者は男の子を見下ろすと、にやりと笑った。

ゆっくりとかがみこむと着物に手をかけた。男の子が暴れると鳩尾《みぞおち》をこぶしで突いて気を失わせた。

男の子がぐったりとなると浪人は嗤《わら》いながら着物をはぎ、素裸にしていった。

浪人はなめるように男の子を見つめた。

風に揺れる薄の穂が日差しに黄金色《こがね》にきらめいた。

沖田総司《おきたそうじ》ははっとして目覚めた。

京都、壬生《みぶ》の郷士、八木源之丞《やぎげんのじょう》の屋敷だった。

文久《ぶんきゅう》三年(一八六三)四月——。

総司は天然理心流《てんねんりしんりゅう》の剣術の師、近藤勇《こんどういさみ》とともに幕府が募集した将軍上洛《じょうらく》を警護する浪士組《ろうしぐみ》に入り、京に出てきていた。

蒸し暑い夜だった。かたわらに雑魚寝《ざこね》していた同門の井上源三郎《いのうえげんざぶろう》が、

「おい、どうした。寝られんのか」

と心配げに声をかけた。

「いえ、大丈夫です。いま、枕元に蛇がいたものだから」

「蛇だと——」

源三郎は驚いて起き上がった。

田舎《いなか》育ちの源三郎は毒蛇の怖さを知っている。赤子は毒蛇に噛《か》まれて死ぬかもしれない。

「いえ、間違いました。鼠《ねずみ》です」

総司はくすくすと笑った。

「なんだ、いつもの総司の冗談か」

源三郎はうんざりしたように言うと総司に背を向けて横になった。

総司も横になったが、目を開けたままじっと暗闇《くらやみ》を見つめた。

総司は冗談を言ってよく笑う男だった。

だが、胸はいつも冷えて静まり、喜怒哀楽の、

——感情
というものがよくわからなかった。

心はいつも干《ひ》からびていて、どんなことにも動かない。少年のころ浪人に襲われた

日からこうなった。

それをまわりに悟られるのが怖いから笑うのだ。

唐辛子地蔵の近くの野原で浪人者に襲われた総司は、裸で気を失い倒れているところを姉の光子《みつこ》が見つけて、このころ住んでいた日野宿の家に連れ帰った。傷を負った尻《しり》が血に染まった無残な姿だった。

光子は泣きながら井戸の水で洗ってやり、手当てをした。総司は衝撃が大きかったためか何も覚えていなかった。だから、光子も何も言わなかった。傷が癒《い》えれば、心も癒えるだろうと思っていた。しかし、この日から総司は無表情で笑わない少年になった。

総司は阿部《あべ》家十万石、白河《しらかわ》藩の足軽小頭《あしがるこがしら》の家に生まれた。父母とは幼少のころ死に別れており、長男だが家督は姉、光子の夫である林太郎《りんたろう》が継いだ。

父の勝次郎《かつじろう》が亡くなったのは総司が四歳のときで、上士《じょうし》の家ならば元服を待って家督を継がせるということがあるのだろうが、足軽身分ではそれは望めない。家督を継いですぐに奉公をしなければならないからだ。

足軽といえども武家では家督を継がなければ厄介者あつかいになる。義兄の林太郎と姉の光子が話し合って総司は九歳のとき、江戸《えど》の市谷甲良《いちがやこうら》屋敷にある天然理心流道場、試衛館《しえいかん》の内弟子となった。沖田家の食い扶持《ぶち》が減るだけでなく、総司の将来のためにもなると林太郎と光子は考えたのだ。

道場主の近藤周助《しゅうすけ》は林太郎の剣術の師でもあった。光子は総司が内弟子になることが決まったとき、周助に総司の身に起きたことを話した。すでに白髪の周助は目を光らせて聞き、うなずいた。

試衛館の内弟子となった総司に周助は剣の稽古《けいこ》をつけるとともに、

――笑え
と命じた。たとえ無理にでも笑えば心が明るくなる。総司が受けた傷も癒えるだろうと思ったのだ。

総司は剣の修行に励むとともに懸命に笑って生きてきた。だから、笑顔が能面のように顔にはりついてしまった。

夜が更《ふ》け、総司がようやく寝についた時、肩をゆすられた。ぎくりとして起き上がると土方歳三《ひじかたとしぞう》がそばにいた。

歳三も天然理心流の門人で近藤勇とは幼馴染《おさななじ》みでもあった。総司を弟分あつかいするが心が許せる相手ではなかった。

歳三は押し殺した声で、

「総司、殿内《とのうち》は今夜、宿舎を抜け出すようだ。つけて斬るのがお前の役目だ」

と言った。総司たちは将軍家茂《いえもち》の上洛を護衛する浪士組として京に上った。

この浪士組結成を幕府に献策した出羽《でわ》浪人、清河八郎《きよかわはちろう》は京に着くなり、朝廷に尊王《そんのう》攘夷《じょうい》の建白書《けんぱくしょ》を提出した。

朝廷が清河の尊王攘夷の魁《さきがけ》になりたい、という願いを聞き入れると、浪士組を率いて江戸に引き返す奇策を清河は行おうとした。

しかし、浪士組のうち、近藤勇を始めとする試衛館出身の一派など二十四人が清河と袂《たもと》を分かって京に残った。そして残留組は嘆願書を京都守護職の会津《あいづ》藩に提出してお抱えとなることができた。

だが、同時に京の浪士組の間での主導権争いが起きた。その中で近藤と土方は、他派の、

――殿内義雄《よしお》

という男を殺そうとしていた。暗殺者に選ばれたのが総司である。

総司にとって初めての〈人斬り〉だった。

土方はさらに声を低めて言った。

「あちらからは、芹沢《せりざわ》さんが出るそうだ。後れをとるなよ」

「芹沢さんが――」

総司は目を瞠《みは》った。

浪士組のうち、京に残ったのは、近藤勇たち試衛館一派九人と、元水戸《みと》天狗党《てんぐとう》だという芹沢鴨《かも》が率いる八人、さらに浪士組取締役の旗本、鵜殿鳩翁《うどのきゅうおう》の指示によって京に残った根岸友山《ねぎしゆうざん》、殿内義雄ら七人がいた。

合わせて二十四人が残留し、近藤、芹沢派が会津藩お預かりを願い出ると、根岸派も独自に会津藩と接触し、お預かりとなった。

根岸派は鵜殿鳩翁の命によって京に残っただけに、京の浪士組を率いるつもりだった。

これに反発した近藤、芹沢派では、根岸派の幹部である殿内義雄を斬り、根岸派を一掃しようとしていた。しかし、その〈殿内斬り〉に芹沢鴨自身が出てくるとは意外だった。

芹沢は水戸藩上席郷士《ごうし》の家に生まれ、神官の下村《しもむら》家の養子となって下村継次《ただつぐ》と称していた時期がある。武田《たけだ》耕雲斎《こううんさい》に師事して水戸藩の尊王攘夷運動に参加したが、同志を殺した罪によって投獄された。

大赦《たいしゃ》によって出獄すると、何を思ったのか、仲間とともに浪士組に加わったのだ。神道無念流《しんとうむねんりゅう》の免許皆伝《めんきょかいでん》で、この年、三十二歳である。

総司は清河八郎が上洛した浪士組の本部としていた新徳寺《しんとくじ》に浪士たちを集め、尊攘の大義のため、江戸へ戻ると宣言したときの芹沢を覚えている。

清河の話に真っ先に反発したのは近藤で、立ち上がると、大声で、

「われらは将軍家警護のために京に上ったのだ。江戸へ戻る謂《いわ》れはない」

と朴訥《ぼくとつ》に述べた。これに対して清河は冷笑をもって報いただけで相手にしようともしなかった。だが、続いて芹沢が立ち上がると清河は緊張した表情になった。

尊王攘夷の総本山は水戸藩である。中でも天狗党は過激さで際立っていた。芹沢が天狗党だったことは浪士たちに知れ渡っており、誰もが芹沢を畏怖《いふ》していた。

芹沢は浪士たちの視線を浴びながら落ち着いた表情で話した。総髪でととのった精《せい》悍《かん》な顔立ちで目が鷹《たか》のように鋭い。

「尊王攘夷のために働くのは同意だが、なぜ江戸に戻るのだ。せっかく上洛《じょうらく》したからには、帝《みかど》を警護し奉《たてまつ》り、攘夷の魁となるのが筋だ。将軍家も上洛したからには、江戸はもぬけの殻ではないか。江戸に戻れば留守番役をさせられるだけで、幕府の思うつぼだぞ」

芹沢の気魄《きはく》に押された清河が青ざめながらも言い返した。

「それではわれらの素志《そし》は果たせぬ」

「素志とは清河八郎の私兵を作ろうということだろう。尊王攘夷のためならば、それもよいが、幕府を甘く見ぬことだ。江戸に戻ればせっかくの浪士組は取り上げられ、

あげくの果てにあんたは殺されるぞ」

清河はようやく顔色を戻し、

「水戸で同志を斬ることしかできなかった男が何をほざくか」

と痛烈に言い放った。清河の言葉を聞いて芹沢はすっと目を細めた。

浪士たちが、あわてて割って入り、話を打ち切らなかったら芹沢は清河を斬っていただろう。それほどの殺気があった。

(あのひとと殿内義雄を斬りにいくのか)

総司は胸がざわめいた。

総司は八木邸を出ると殿内らが宿舎にしている四条《しじょう》通り大宮西入ル《おおみやにしはい》の更雀寺《きょうじゃくじ》に向かった。

芹沢は先に出ているという。

総司は星明りを頼りに夜道をたどりながら、指先が震えるのを感じていた。

(わたしはひとを斬りたがっている)

総司は冷静に自分を見つめた。感情の動かない総司だが、ただひとつだけ気が昂《たかぶ》ることがあった。それは、かつて子供のころ自分を凌辱《りょうじょく》した浪人を斬ることだった。

九歳で試衛館の内弟子となった総司は、十四歳のころには、白河藩の剣術指南役との稽古《けいこ》で一本取るほどの腕前になり、天分を発揮していた。

二十二歳となったいまでは周助の後を継いだ師匠の勇にかわって出稽古に赴《おもむ》くまでになっており、

（いまのわたしならば――）

あの浪人など一太刀《ひとたち》で斬って捨てて屈辱を晴らすことができるのに、と歯ぎしりする思いだった。しかし、あの浪人とめぐりあえるとは到底、思えず、辱《はずかし》めを雪《すす》ぐことはできないのか、と思うと苛立《いらだ》った。そんなとき、総司は稽古が手荒くなり、門弟たちから恐れられた。

総司は剣客では、このころから三十五年前に亡くなった幕臣の平山行蔵《ひらやまこうぞう》に憧《あこが》れていた。行蔵は江戸、四谷《よつや》の伊賀組同心《いがぐみどうしん》の家に生まれ、少年時代より文武両道に励んで武芸十八般に通じた。自宅に設けた道場、〈兵原草廬《へいげんそうろ》〉で忠孝真貫流《ちゅうこうしんかん》剣術、長沼《ながぬま》流兵学、儒学を講じた。

常在戦場を実践して玄米を常食とし、毎朝起きると七尺の棒を五百回振り、長さ四尺、幅三寸の居合刀《いあい》を二百回抜き、読書をしながらケヤキの板を叩《たた》いて拳《こぶし》を鍛えた。書に倦《う》むと水風呂《みずぶろ》に入って惰気《だき》を払うといった暮らしぶりで着物は一年を通じて一枚、真冬でも足袋《たび》は履かず、板の間で寝た。

蝦夷《えぞ》地の北辺にロシア人が出没すると、海防に強い関心を抱き、幕府に上書し、自ら蝦夷地防衛にあたろうとした。

このため、近藤重蔵《じゅうぞう》、間《ま》宮林蔵《みやりんぞう》とともに、

——蝦夷三蔵
などと呼ばれた。

総司は行蔵が書き残した、

——剣術とは敵を殺伐《さつばつ》することなり。その殺伐の念慮を驀直端的《まくじきたんてき》に敵心へ透徹《とうてつ》する
をもって最要とすることぞ
という言葉を自らの剣の神髄としていた。何も考えず、ひたすら斬る。その剣の先に少年の日、自分を凌辱したあの浪人の顔があるのだ。

総司は夜道を進んで更雀寺に着いた。

芹沢がいるはずだ、思ってあたりを見まわす。誰もいない。どうしたものか、と思っていると、いきなり、

「おい——」

と声がかかり、腕をつかまれ板塀《いたべい》沿いの天水桶《てんすいおけ》の陰に引きずりこまれた。

あっと思って相手の顔を見ると、芹沢だった。沖田が、芹沢さん、と言おうとすると口を押えられた。

「近藤さんのところの沖田君だな。間もなく殿内が出てくる。静かにしたまえ」

芹沢は目を光らせた。

口を押えた芹沢の手がやわらかく、温かいことが総司を戸惑わせた。

総司と芹沢が闇に潜《ひそ》んでいると、更雀寺から旅姿の武士が出てきて笠《かさ》をかぶり、提《ちょう》灯《ちん》を手にしている。

芹沢は武士を見つめながら、

「沖田君、奴は四条大橋を渡るつもりだろう。先廻《さきまわ》りして橋の中央で待て。わたしが後ろから行って挟み撃ちにする」

「あの男が殿内に間違いありませんか」

総司が訊《き》くと、芹沢はさびた声できっぱりと答えた。

「間違いない。昼間、あの寺を訪ねて殿内をたしかめておいた。背格好から歩き方まで奴とそっくりだ」

総司は、〈人斬り〉での芹沢の用意周到さに驚いた。これほどにしなければひとは斬れないものなのか、と思った。すると、芹沢がくっくっと笑った。

「何がおかしいのです」

総司は訊いた。馬鹿にされたのではないか、と思った。だとすると、試衛館の名誉のために放っておけない。

「いや、ご無礼した。試衛館の方はかようなことに慣れていないようなので、羨《うらや》ましかったのだ」

「羨ましい？　まことですか」

総司は疑わしい目で芹沢を見た。

「羨ましいとも。水戸では、勤王か佐幕《さばく》かをめぐって藩士がたがいに殺しあっている。狭い巣穴で鼠が共食いをするようなものだ。ほとんどの鼠が死に、ただ一匹、生き残って巣穴を這《は》い出てきたのが、このわたしだ――」

芹沢は暗い声でつぶやいた後、鋭く、

――行けっ
と声を発した。

総司はすぐさま闇の中を足音をたてずに走った。間もなく四条大橋に着いた総司は真ん中あたりで欄干《らんかん》に背をもたせて座り込んだ。

やがて、ひたひたと足音が近づいてきた。

総司は橋に身を伏せてうかがい見た。

いましがた更雀寺から出てきた男だ。あの男を斬るのだ、と思った瞬間、総司の背筋を悪寒《おかん》が走った。吐き気がする。

（まただ――）

総司は目を閉じた。子供の時から、緊張したおりに、背中につめたいものが走り、吐きそうになった。

あの浪人がした、いまわしい行為が思い出されて生々しく体を震わせた。あの浪人によって、自分は何かを体の奥に植え付けられたのではないか、という恐れがあった。いつの日か、それが体の中で目覚め、自分を、

——妖《あやか》し

の者へと変えてしまうのではないか。子供のころの痛みが闇に浮かぶ鬼火のように総司の脳裏からいまも離れない。

総司が目を閉じ、震えていると、

「沖田、何をしている」

芹沢の怒声が聞こえた。はっとして目を開けると旅姿の武士が提灯を投げ捨て刀の柄《つか》に手をかけて走り寄ってくる。思わず、不用意に総司は立ち上がった。

刀を抜く暇がなかった。武士が斬りつけ、総司はのけぞって倒れた。

さらに武士が大きく刀を振り上げたとき、芹沢が飛び込んできた。

白刃が光った。芹沢が駆け過ぎると武士は弾《はじ》かれたように倒れた。

芹沢の刀が武士の脇腹を裂いていた。

総司がゆっくりと起き上がったとき、芹沢は武士に止《とど》めを刺した。

そして刀を鞘《さや》に納めると、笠をとって死骸《しがい》の顔をあらためて、

「やはり、殿内義雄だ」

とつぶやいた。総司はよろけながら立ち上がると頭を下げた。

「役に立たず、申し訳ありませんでした」

芹沢はじっと総司を見つめた。斬るつもりではないか、と総司は思った。

「おかしいな。お主の腕のほどはわかる。殿内ごときに後れをとるはずがない。それなのに、なぜ斬れなかったのだ」

芹沢は首をかしげて言った。

総司は頭をたれたまま何も言えなかった。子供のときの恥辱は誰にも話すわけにはいかなかった。

芹沢は近づいてくると、不意に抜き打ちに斬りつけた。総司は大きく跳び下がった。

芹沢はなおも斬撃《ざんげき》を見舞ってくる。

総司は刀をすらりと抜いた。

その隙《すき》を逃さず、芹沢が斬りつけると総司の刀が弾き返した。

芹沢が間合いをとって正眼《せいがん》に構える。総司も正眼でじりっと爪先《つまさき》でさぐって足の位置をたしかめた。

試衛館の者なら、それが総司が突きを見舞うときの癖だ、と知っている。

総司は踏み込んだ。

や、
や、
や、
三回の気合がひと声に聞こえ、三度の踏み込みがただ一度のように見えた。

総司が得意とする稲妻のような突きを三回続けて放つ、

——三段突き
だった。これを芹沢は体を揺らして、刀で受けて見事にかわした。

そのうえで、刀を鞘に納めて、

「これまでだ」

と言い放った。総司は吐息をついて刀を鞘に納める。すると、近づいてきた芹沢がさりげなく総司の股間《こかん》に手をのばした。総司がはっとしたときには、急所を握られていた。

「芹沢さん、何をするんです」

総司がうろたえると、芹沢は淡々と言った。

「おびえるとふぐりが縮こまり、たまが上にあがる。だが、お主はそうなってはいない。怖気《おじけ》づいたわけではないようだな」

芹沢はゆっくりと手を放した。あらためて総司を見つめる。

「それでもわけは言えぬということか」

「申し訳ありません」

総司はため息をついた。

「まあ、いい。だが、ひとを斬り損ねたことを恥じることはないぞ。斬り慣れれば、それだけ地獄への道が近づくだけだからな」

芹沢は自らを嘲《あざけ》るように言った。

「しかし、戦をしなければならぬ武門は地獄は必定《ひつじょう》だと言いますが」

「その通りだ。馬鹿な話だ」

芹沢は嗤《わら》って背を向けて歩き出そうとしたが、

「沖田君が殿内を斬れなかったことをわたしは近藤さんに言わぬ。だから、君も言うな。何もな――」

と言うと振り向かずに歩いていった。

総司は去っていく芹沢の背中を見つめ続けた。

翌日――

総司は八木邸のそばにある壬生寺の境内《けいだい》で近所の子供たちと、目隠し鬼をして遊んでいた。手ぬぐいを巻いて目隠しをした鬼が子供たちを追いかけて捕まえる。

総司が鬼になっていた。

鬼さんこちら

手の鳴る方へ

子供たちが囃《はや》し立て、手を打って鳴らすと総司は笑いながら両手を前に突き出して追いかける。総司はおとなといるときよりも子供たちと遊んでいるほうが楽しい。まだ、童《わらべ》臭さが残っているからか、それとも子供のころの忌《い》まわしいことが忘れられるからなのか。子供を捕まえようとした総司の手がひとにぶつかった。子供ではない、おとなのようだ。手ぬぐいの目隠しをはずして見ると、芹沢が無表情な顔で立っていた。

「これは失礼いたしました」

総司は笑って頭を下げた。芹沢は、じろりと見てひややかに言った。

「わたしだと気配でわかっていたはずだ。沖田君はいつもおのれを偽《いつわ》ろうとするのだな」

いや、そんなことはありませんが、と頭をかきつつ弁解する総司に、芹沢は、

「一緒に来てもらいたいところがある。近藤さんには沖田君を借りたいと話してお

た」

「どこへ行かれるのですか」

「山科《やましな》の本圀寺《ほんこくじ》だ」

芹沢は言うなり、背を向けて歩き出した。総司はあわてて刀を取りに戻り、芹沢の後を追った。ゆっくりと歩いていた芹沢に追いついた総司は、

「お供なら、新見《にいみ》さんか、平山《ひらやま》さんがいいんじゃありませんか」

芹沢派である新見錦《にしき》と平山五郎《ごろう》の名をあげて訊《き》いた。ふたりとも腕は立つから、護衛役には打ってつけのはずだ。

「根岸派の連中は殿内を斬られて姿をくらました。もし市中に潜んで仇《かたき》を討とうとしているのなら、殿内を斬ったわたしたちがそろっている方がおびき出しやすいだろう」

芹沢はあっさり言って足を進めた。芹沢は自分を餌にして敵を誘い出そうとしているのだ。総司は芹沢の豪胆さに感心しながら後をついていった。やがて山科に入り、本圀寺に着いた。鑓《やり》を持った門衛があたりを警戒して物々しかった。

「将軍家後見職の一橋慶喜公《ひとつばしよしのぶ》に随従して上洛《じょうらく》された水戸慶篤公《みとよしあつ》がおられるのだ」

芹沢はさりげなく言うと、門衛に近づき、

「芹沢鴨と申す。武田耕雲斎様と藤田小四郎《ふじたこしろう》殿に面談いたしたい。お取次ぎ願います」

と言った。門衛は白昼に幽霊を見たように、青ざめてまじまじと芹沢を見つめたが、

やおら背を向けて寺の建物に向かった。しばらくして引き返してきた門衛は丁重な物腰で芹沢たちを塔頭《たっちゅう》に案内した。

奥の部屋に入って待つほどに、ふたりの武士が入ってきた。

水戸尊攘派の重鎮、武田耕雲斎と水戸《みと》烈公斉昭《れっこうなりあき》の側近として天下に知られた藤田東《とう》湖《こ》の息子、小四郎である。まだ二十二歳の若さだ。

「下村さん、いや、いまは芹沢鴨というらしいな。ひさしぶりです」

小四郎が白い歯を見せてにこやかに言った。

「玉造村《たまつくり》以来です」

芹沢はうなずいて答える。

本圀寺の塔頭で芹沢が武田耕雲斎や藤田小四郎と話すのを総司は傍《かたわ》らで聞いた。

水戸藩の過激な尊攘派である天狗党は、一時、領内の玉造村の郷校に拠点を置き、勢力拡大を図った時期があった。

玉造勢は「無二無三日本魂《むにむさんにほんだましい》」、「進思尽忠《しんしじんちゅう》」という旗や幟《のぼり》を立て、潮来《いたこ》や佐原《さわら》の富商をまわって軍資金を取り立てて気勢をあげた。

芹沢はこの玉造勢の幹部のひとりだった。

だが、藩政府が天狗党と敵対する諸生派《しょせいは》に変ると、玉造勢は弾圧され、芹沢も投獄された。仲間は次々に自死、あるいは獄死した。

芹沢はこれに憤り、獄中で小指を嚙《か》み、滴《したた》る血で書いた漢詩を牢《ろう》外に貼り付けたという。

また、芹沢は富商から軍資金を取り立てる際、同志の中に金を自らの懐《ふところ》に入れた者がいたのを知って怒り、この三人を斬っていた。この罪も咎《とが》められ、

――斬罪梟首《ざんざいきょうしゅ》の事

とされていたが、朝廷で尊攘派の勢いが強まると、水戸藩でも天狗党への弾圧を控えた。

辛うじて芹沢は二年ぶりに釈放された。幕府の浪士組に応募する二ヵ月前のことだった。

「しかし、幕府の浪士組に潜り込んで上洛するとはよく考えたものだな」

耕雲斎が微笑して言った。

「清河八郎が裏で動いていることを耳にしました。その策にのって京で尊王義軍を作ろうと思い立ちました」

「ほう、それは面白い」

耕雲斎がうなずくと小四郎が言葉を添えた。

「殿のお供で上洛した尊攘派は多いので本圀寺党と称している。芹沢さんの尊王義軍

と手を組めば攘夷《じょうい》のために働くことができます」

芹沢はちらりと総司を見遣《みや》ってから、あらためて耕雲斎と小四郎に顔を向けた。

「それで、お頼みいたしたいことがあります」

耕雲斎の目が光った。

「できることならしますぞ」

芹沢はゆっくりと口を開いた。

「京に残留した浪士組は会津藩お抱えとなっていますが、いずれ離れるつもりです。そのために幕府の息のかかった者をひとり昨夜、成敗《せいばい》いたした。今後は大坂の富商から軍資金を取り立て、会津藩のもとから脱します」

「なるほど、考えたものだな」

耕雲斎が感心したように言った。

「ですが、玉造村では、富商からの金を私《わたくし》した者を斬らねばなりませんでした。あのようなことはもはやしたくない。それで、法度《はっと》を作り、厳正に取り締まりたい。そろいの羽織を作り、自分たちが何者であるかを常にわきまえさせる。さらに騒動を起こして天下の耳目を集めたいと考えております」

小四郎は膝《ひざ》を叩《たた》いた。

「それはいい。まさしく尊王義軍だ」

「さようです。しかし、会津藩と縁を切った暁《あかつき》には、宮家を擁しなければ、尊王義軍としての面目《めんもく》が立ちません。それゆえ、われらをいずれかの宮家にお取次ぎ願いたいのです」

芹沢は手をつかえ、頭を下げた。かたわらで話を聞いていた総司も思わず、頭を下げた。

小四郎が大きくうなずいて、

「わかりました。何とかしましょう」

と答えてから総司に目を向けた。

「その方はわたしと同様、お若いが芹沢さんの新しい同志ですか」

「さよう、同志にして、わが友です」

総司は芹沢の言葉に息を呑《の》んだ。

総司は本圀寺で芹沢が武田耕雲斎や藤田小四郎と何を話していたか近藤や土方に言わなかった。

土方から探りを入れられても、とぼけた。

「本圀寺のまわりは烏《からす》が多くて、鳴き声がうるさいものだから、何も聞こえませんでした。まったく烏というやつは、どうしようもないですね」

土方は胡散臭《うさんくさ》げに総司を見て、

「総司は近頃、芹沢さんのお気に入りのようだが、取り込まれてもらっては困るぞ」

と釘《くぎ》を刺した。

「大丈夫ですよ。芹沢さんはわたしなんか相手にしちゃいませんから」

総司は笑った。なにしろ、あのひとの考えているのは、尊王義軍を起こすことなのだから、と総司は胸の中でつぶやいた。

芹沢は辛《つら》く悲しいものを背負っているような気がした。それが何なのかは知らない。だが、芹沢がこれからどう生きるのか見つめたい。総司はため息をついた。

間もなく芹沢は、武田耕雲斎や藤田小四郎に言ったことを実行し始めた。

浪士組の隊名を、

——壬生浪士組

と称し、局長は芹沢と近藤、新見錦で芹沢が局長首座となった。そして法度を定めた。

一、士道ニ背キ間敷事

二、局ヲ脱スルヲ不許

三、勝手ニ金策致不可

四、勝手ニ訴訟取扱不可
五、私ノ闘争ヲ不許
右条々相背候者切腹申付ベク候也

規律の厳しさに土方ですら目をむいた。

「芹沢さん、随分、厳しいですな」

土方が問うと、芹沢は笑って答えた。

「織田信長は味方の兵が一銭を盗んだだけでも首をはねたそうだ。それぐらい厳しくしなければ天下は取れぬ」

土方は目を瞠《みは》った。

「芹沢さんは天下を取るつもりですか」

芹沢は薄く笑っただけで答えない。

その後、芹沢は近藤や総司とともに大坂に下ると豪商の平野《ひらの》屋から、尽忠報国《じんちゅうほうこく》のためとして百両を押し借りした。この金で浅葱《あさぎ》色《いろ》地の袖《そで》に白の山形をつけた、そろいの、

――だんだら羽織
を作った。この羽織を全員で着て市中の見回りをすると驚くほど目立った。

さらに六月に入って、芹沢は大坂に下った際、総司や山南敬助《やまなみけいすけ》、永倉新八《ながくらしんぱち》、平山五

郎、斎藤一《さいとうはじめ》、野口健司《のぐちけんじ》、島田魁《しまだかい》と北新地《きたしんち》の茶屋に遊びに行こうとした。このとき、橋の上で相撲取りの一行と道を譲れ、譲らぬでもめた。

これを見た芹沢は後ろの方にいたが、つかつかと前に出ると、

「無礼者——」

と言うなり先頭の相撲取りを斬り捨てた。これに怒った相撲取りたちは、六尺棒を持って芹沢たちが入った茶屋に数十人で押しかけた。総司たちは店から飛び出して相撲取りたちに斬りかかった。

総司は芹沢が天下の耳目を集めるためにわざと騒動を起こしたのだ、とわかりつつも風車《かざぐるま》のように刀を振るって斬りまくった。

背後で芹沢が、笑いながら、

——斬れっ、斬れっ

と血に酔ったかのように大声を発していた。

雨が降っていた。

総司は八木邸の縁側に座り、ぼんやり庭を眺めていた。

文久三年九月十六日——

総司たちが上洛《じょうらく》してから半年が過ぎていた。

曇った空は風が強いのか、雲の流れが速く、時折り、雲の切れ間から白い日差しが漏れていた。

（芹沢さんの勢いも八月までだったな）

総司は吐息をついた。

壬生浪士組を立ち上げた芹沢は六月に大坂で相撲取りとの喧嘩《けんか》騒ぎを起こして浪士組の名を広めた。無論、乱暴者としての悪名だったが、芹沢は意に介さなかった。

大坂で騒ぎを起こした三日後、六月六日に芹沢は会津藩主松平容保《まつだいらかたもり》に、そのころ各藩で取り入れられていた地理、医術、砲術などの西洋文化を排除すべきだ、との建白書を提出した。浪士組が身元を引き受けてもらっている会津藩に堂々と攘夷を主張したのだ。

このころ会津藩では浪士組が金策をしていることを知って、放置すれば藩の体面に傷がつくことを恐れた。会津藩は本陣としていた黒谷《くろだに》の金戒光明寺《きんかいこうみょうじ》に芹沢を招いて最初に押し借りした平野屋に返すようにと百両を渡した。さらに浪士たちに毎月三両、年に三十六両を支給することも申し出た。

芹沢はこれも受けた。このころ浪士組は京、大坂で新たな隊士を募集しており、総勢五十人ほどになっていた。軍資金が潤沢で手勢も五十人を超えた浪士組は、初め局長のひとりだった新見錦を土方歳三、山南敬助とともに副長とし、総司らを組頭とし

て七つの組を率いさせた。さらに組頭と対等な勘定方《かんじょうがた》も設けた。勘定方は戦になれば、

――小荷駄《こにだ》

と呼ばれ、武器や兵糧を運ぶ部隊となる。まさに芹沢が考えた、

――尊王義軍

に近づきつつあった。

これらの組織編制は農民出身の近藤や土方にできることではなかった。士分であり、戦闘組織でもあった天狗党に属した芹沢だからこそできたことだった。

近藤はもっぱら、隊士たちが日頃、剣の稽古《けいこ》をする道場作りに勤《いそ》しみ、土方はできあがった組織の監視に目を光らせることに情熱を燃やしていた。

芹沢は尊王義軍としての内容が充実してきたと見たのか、八月十二日、深夜、三十数人の隊士を従えて、京、中立売通《なかだちうり》り葭屋町《よしやまち》にある生糸商、大和屋庄兵衛《やまとやしょうべえ》の店に押しかけ土蔵を焼き打ちにした。庄兵衛は生糸の交易のために買占めを行っており、西陣織の職人たちに恨まれていたという。

芹沢は大和屋に軍資金を出すように言ったが、断られたことを理由に焼き打ちを行った。

まず、大和屋西側にある息子の仙之助《せんのすけ》方の土蔵に火をつけ、さらに庄兵衛方の土蔵に放火、商売物の糸や布を道路に撒《ま》き散らした。出火を見て駆けつけた火消したちを

抜刀した隊士たちが制したため、誰も近づけず大和屋は全焼した。

芹沢はあたりを睥睨《へいげい》しつつ大和屋の前に仁王立ちした。

（あのときの芹沢さんはすごかったな）

総司は思い出して微笑した。

大和屋は御所の中立売御門から西へおよそ八町という近さだ。大和屋から燃え上がり夜空を焦《こ》がした炎は御所からも見えた。

芹沢が大和屋を焼き打ちした十三日、朝廷は孝明《こうめい》天皇による攘夷《じょうい》祈願のための大和行幸が行われることを明らかにしていた。

大和行幸は尊攘派の大物、久留米《くるめ》の神官だった真木和泉《まきいずみ》の建策とされる。攘夷祈願はすなわち帝《みかど》による攘夷親征であり、これに従わぬ幕府を討つ目論見《もくろみ》も秘められていた。

この時期、長州《ちょうしゅう》藩はすでに外国商船を馬関《ばかん》海峡で砲撃していた。

薩摩《さつま》藩は島津久光《しまづひさみつ》の行列をさえぎった外国人を殺傷した生麦《なまむぎ》事件の報復に鹿児島《かごしま》に来襲したイギリス艦隊との間で薩英戦争を起こしていた。

あたかも攘夷戦争の火ぶたが切られたかのように騒然としていたのだ。

その最中に大和行幸が決定した。これを受け、大和の天領を占拠しようと土佐《とさ》の吉《よし》村寅太郎《むらとらたろう》、備前《びぜん》の藤本鉄石《ふじもとてっせき》、三河《みかわ》の松本奎堂《まつもとけいどう》ら尊攘派の志士が公卿《くぎょう》の中山忠光《なかやまただみつ》を擁して決起した。十四日に京を出て、十七日に大和に入り、五条代官所を襲撃して代官を殺害し、代官所支配地を朝廷の領地とし、本年の年貢半減などを布告する、

――天誅組《てんちゅうぐみ》の乱

を起こす。芹沢の大和屋焼き打ちもこれに呼応するものだった。いわば芹沢にとって攘夷決起の、

――烽火《のろし》

だったのかもしれない。

大和屋の焼き打ちには壬生浪士組の三十数人が従った。この時期、壬生浪士組は五十人を超す人数だったから、芹沢はその七割を掌握していたことになる。

大和行幸が実現すれば、芹沢は天誅組のように宮家を擁して会津藩のもとから脱し、尊王義軍の旗揚げをするつもりだったのではないか。

総司は大和屋を焼き打ちしたときの芹沢の意気盛んな姿を思い出しつつ、

(大和行幸を前に大和屋を焼き打ちしたのは、芹沢さんの洒落《しゃれ》だったのかもしれない)

と思ってくすりと笑った。もし、大和行幸が行われていれば、芹沢は攘夷戦の魁《さきがけ》となっただろう。

だが、そうはならなかった。

総司は庭の石灯籠《いしどうろう》が雨に濡《ぬ》れるのを眺めながら、

「芹沢さん、惜しかったですね」

と独りごちた。

大和屋焼き打ちから間もない十八日、芹沢が予想もしなかったことが起きた。いわゆる、

――八月十八日政変
である。十八日、九ッ半（午前一時）ごろ、中川宮《なかがわのみや》が突然、宮廷内に入り、近衛忠《このえただ》熙《ひろ》父子らの公家、京都守護職松平容保、所司代稲葉正邦《いなばまさくに》が参内《さんだい》すると、会津、薩摩、淀《よど》藩兵が九門を固く閉ざした。さらに在京の土佐、因州《いんしゅう》、備前、阿波《あわ》、米沢《よねざわ》藩主にも藩兵を率いて参内するよう命が下った。

寅《とら》ノ刻（午前四時）には警備の配置が終ったことを告げる大砲が一発、撃たれた。

こうして開かれた朝議では、大和行幸の延期とともに、尊攘派公家の参内停止、長州藩の堺町門《さかいまちもん》警衛免除が決まった。

異変を知った長州藩士は堺町門に駆けつけたが、朝議が決したとあって、なす術《すべ》もなく、三条実美《さんじょうさねとみ》ら七人の尊攘派公家とともに京を落ちるしかなかった。

長州尊攘派の凋落《ちょうらく》は、芹沢にとっても時勢からの転落だった。

八月十八日政変の際、壬生浪士組は会津藩から出動を命じられた。長州藩が不穏《ふおん》な動きをした場合に備えて御所の門を守るためである。芹沢は長州藩が失脚したとの一報を聞いて、

「なんということだ」

とうめいた。そして武装して御所に向かいながらも、しきりに舌打ちしたという。

京の商人、西村《にしむら》氏が記した『役中日記《やくちゆう》』には、三条通り衣棚《ころもだな》付近を通る浪士組の様子が、

――壬生浪士中、ただし肥後守《ごのかみ》殿御預かり分、四、五十人を、いずれも手に手に白刃、鑓《やり》、長刀《なぎなた》所持致し、身は錣襦袢《しころじゆばん》、あるいは同じく頭巾《ずきん》等着し、大将分両人甲冑《かっちゅう》にて当方表を通行致され候

と記されている。当時の目撃談によれば、浪士組はそろいの浅葱《あさぎ》地、袖口《そでぐち》に白い山形を抜いた羽織を着ていたという。

大将分ふたりとは言うまでもなく芹沢と近藤のことだ。

浪士組が蛤御門《はまぐりごもん》にさしかかると警衛していた会津藩士たちが、

「何者だ」

と誰何《すいか》した。しかも一斉に鑓の穂先を向けてきた。穂先が白く光り、兵たちは緊張のため殺気立っている。

鑓を向けられてさしもの近藤が後退《あとずさ》った。しかし、芹沢は一歩も退かず、腰にしていた鉄扇を広げると鑓の穂先を嘲弄《ちょうろう》するように、ゆらゆらと扇《あお》いで、

「われらは京都守護職松平公お預かりの壬生浪士組である。御所の警護を命じられ、参上した。さっさと通さぬか」

と雷鳴のような声を発した。自分の顔から五寸（十五センチ）ほどしか離れていない、鑓の穂先を扇いで見せた芹沢の豪胆さはまわりの者を驚嘆させた。

だが、芹沢にしてみれば、長州藩を追い落とした会津藩が許せず、挑発して、もし突いてくるようであれば、斬り倒すことで憤りを晴らそうというつもりだった。

警衛の会津藩士たちはあわてて本営に問い合わせた後、ようやく道を開けた。

芹沢は先頭に立って御所に入りながらも、なお警衛の武士たちの顔を鉄扇で扇ぎつつ通り過ぎた。

御所で待ち受けていた会津藩士が合い印として黄色い襷《たすき》を渡した。

芹沢たちは、襷をつけて、翌朝まで南門の警衛にあたった。もし、長州勢が押し寄せるなら、御門の内側で長州勢に呼応して寝返ろうと芹沢は考えていた。

だが、何事もなく夜が明け、芹沢は天を仰いだ。そこに土方と総司が近づいてきて、

「局長、ただいま朝廷の武家《ぶけ》伝奏《てんそう》より、会津様にご連絡があって、われらへもねぎらいがあったそうです。そこで、いまのままの浪士組では朝廷にはばかりがあるゆえ、

これよりは新選組《しんせんぐみ》と名乗れとのことです」

「新選組だと」

芹沢は眉《まゆ》をひそめた。われらは、浪士組で十分だ、と芹沢は思っていた。

だが、土方は違うようだ。

「どうも浪士組では貧乏臭くていけない。朝廷へのはばかりがあるとなれば名前を変えるしかありませんな」

憤りを胸にしながらも言い返せず口を閉ざす芹沢から総司は目をそらせるしかなかった。

長州藩が京を追われてから、芹沢は荒れ、憂《う》さを晴らしに出かけた島原《しまばら》の遊郭で気に入らないことがあると鉄扇で膳《ぜん》や什器《じゅうき》、ふすまなどを叩《たた》き割った。

総司は土方から、

「芹沢さんのお気に入りのお前が目付役になれ」

と言われて芹沢の酒席の供をした。しかし、土方は芹沢の酒を控えさせろ、とは言わない。

(このひとは、芹沢さんが乱行のあげく自滅するのを待っているのだ)

芹沢がつぶれれば、新選組と名前が変わった浪士組を近藤とともに牛耳ろうと土方は考えているに違いない。

総司は憂鬱《ゆううつ》な思いで芹沢の酒宴に連なった。

芹沢は総司がいるときはひどい荒れ方をしないので、新見錦や平山五郎ら芹沢派の者たちも総司が加わるのを喜んだ。

島原で酔いつぶれると芹沢は遊女を呼ばずに総司の傍らに横になった。時折りは戯《たわむ》れるように総司の手を握った。

「沖田君、わたしはどうやら京での居場所を失った」

芹沢がため息まじりに言うのを聞きながら、総司は、居場所がなくとも、わたしとともにいればいいではありませんか、と言いかけたが口を閉じた。

芹沢は乱暴者として恐れられていたが、一方で八木家の娘が夭折《ようせつ》したおりは近藤と帳場に立って葬儀を手伝う思いやりの深さがあった。さらに暇つぶしに八木家の子供たちに面白い絵を描いてやるやさしさも見せた。

隊士たちが八木家から借りた火鉢を芹沢がこっそり返しにいったことがある。隊士たちが暴れて刀傷をつけてしまったからだ。

八木家の家人がそれに気がつくと芹沢は頭を抱え、「すまん、俺だ、俺だ」とおどけて逃げた。

総司はそんな芹沢が好きだった。

冗談めいて手を握られると自分の中に蠢《うごめ》くものがある気がする。

それが、幼いとき、浪人に乱暴されて植え付けられたものだとしたら、決して表に出してはならない。

総司は固くそう思っていた。だが、なそうとしたことがなせず、身悶《みもだ》えするように苦しんでいる芹沢を見ると自分が慰めることができるのであれば、とも思ってしまう。

芹沢はぽつりとつぶやいた。

「わたしはいつもこうだ。最後の最後でうまくいかぬ」

そんな日が続いて、九月に入ったある朝、総司は芹沢からついて来るように言われた。

こんな朝から酒でもあるまいと思うと、芹沢は、声をひそめて、

「本圀寺に行く」

と告げた。

「また、あの方たちに会うのですか」

総司は武田耕雲斎と藤田小四郎の名をあげずに言った。ふたりとも水戸尊攘派の大物だけに、新たに新選組となった浪士組の屯所《とんしょ》では名を口にしにくい。

芹沢は頭を振った。

「いや、ふたりとも五月には江戸に戻ったそうだ。だが、その後、どのようにされて

いるか本圀寺にわたしへの書状が届いたらしい。それを見に行く」

芹沢は手紙の内容に期待していないらしく翳《かげ》りを帯びた顔つきで言った。

総司はうなずいて芹沢に従った。

芹沢は本圀寺に行く道すがら、

「知っているか、今年の四月に清河八郎は江戸で殺されていたらしい」

と話した。

「清河さんが――」

総司は目を丸くした。

清河は江戸に帰った後、幕府から浪士組と切り離された。そのため同志を集めて横《よこ》浜《はま》外国人居留地の焼き打ちを行おうとしていた。

だが、四月十三日に江戸麻布《あざぶ》、一《いち》の橋《はし》で幕府見廻組《みまわりぐみ》佐々木《さ さ き》只三郎《ただざぶろう》らによって暗殺された。

「わたしが言った通りになった。馬鹿な男だと思ったが、長州が京から追い落とされてしまうと、わたしもさほど清河と違うところにいるわけではない」

芹沢は苦笑した。やがて本圀寺に着くと門衛はすぐに奥の建物に通した。芹沢と総司が待つほどに水戸藩士が書状を持ってきた。

「ここにて見ていただき、お持ち帰りにならぬようにとのことです」

藩士に言われて、芹沢はうなずくと書状を開いて読み始めた。

やがて芹沢の目に光が宿った。

「有栖川宮《ありすがわのみや》様か――」

思わず、芹沢はつぶやいた。芹沢は書状を巻き戻して藩士に渡した。そして、

「この部屋でしばらく話してから辞したいがよろしいか」

と藩士に訊《き》いた。

「ご随意に」

藩士は答えて部屋から出ていった。

芹沢はしばらく考えてから総司に顔を向け、口を開いた。

「藤田小四郎殿は江戸で長州、鳥取《とっとり》藩有志らと会合し、東西呼応して攘夷《じょうい》のための挙兵を策しておられるそうだ」

実際、小四郎はこの策を武田耕雲斎に伝え、時期尚早として軽挙を戒《いまし》められるが、同志を糾合して翌、元治《げんじ》元年（一八六四）三月二十七日筑波山《つくばさん》に挙兵する。いわゆる、

――天狗党の乱
を起こすのだ。

「その決起のために有栖川宮熾仁《たるひと》親王を擁したいと藤田殿は考えている」

総司は息を呑《の》んだ。

熾仁親王は三条実美と並ぶ親長州派として知られ、攘夷別勅使《べっちょくし》に補任《ぶにん》されていた。

このころ朝廷は横浜港を鎖港するよう幕府に求めており、このことがなかなか実行されないため有栖川宮を督促の勅使として派遣することが決まっていた。

三条実美ら尊攘派公卿《くぎょう》が長州に落ち延びたいま、尊攘派が擁することができるのは有栖川宮しかいなかった。

「藤田殿はわたしに有栖川宮を護衛して江戸に下り、ともに攘夷の決起に加わって欲しいと言ってこられた」

芹沢は精悍《せいかん》な表情になって言った。

「それは天狗党に戻られるということですか」

「そういうことになる。浪士組、いや新選組は近藤、土方両君にまかせればいいだろう」

「では、わたしは江戸に連れていってもらえないのですか」

芹沢は笑った。

「近藤さんは君を手放すまい」

では、芹沢は遠くへ行ってしまうのだ。

それは、嫌だ。

総司は芹沢を見つめた。

九月十三日——

芹沢は、総司や土方たち隊士十五人を引き連れて有栖川宮熾仁親王の邸《やしき》を訪れた。

あらかじめ申し入れておらず、熾仁親王に拝謁《はいえつ》することはかなわなかったが、

——御警衛、御用の儀御座候て何事に限らず、仰せ付けられたく願い奉り候

と認《したた》めた壬生浪士五十五人の名簿を家司《けいし》に提出しただけで芹沢は満足したように引き上げた。

有栖川宮が東下する際の護衛役を引き受けると申し出たことは伝わるはずだった。

壬生に戻ると、土方は総司を部屋に呼んだ。

「芹沢さんはどういうつもりなのだ」

土方に訊かれて、総司はそっぽを向いた。土方は意地悪く、

「そうか、総司も聞かされてはいないのだな」

と言った。総司は土方に顔を向けて、

「知っていますが言いません」

と答えた。土方は総司を見据《みす》えた。

「お前が言わなくともわかっている。芹沢さんは有栖川宮様について江戸へ下ろうと

いうのだろう。京にいては新見錦のように命が危ないゆえ、逃げ出そうという魂胆《こんたん》だ」

芹沢の腹心だった新見錦はこのころ不行跡《ふぎょうせき》を近藤派に咎《とが》められ切腹していた。

冷酷な土方の言葉を聞いても総司は表情を変えない。

いつものように笑顔でごまかすこともしなかった。じっと土方を見つめるだけだ。

土方は苦笑した。

「実は会津藩から、芹沢さんを始末するように言われている。有栖川宮様と京を出る前に斬らねばならないのだ」

総司は唇を嚙《か》んだが、何も言わない。

土方は声をひそめた。

「芹沢さんを斬るとなれば、お前の腕がいる。新選組で芹沢さんを斬ることができるのは、お前だけだからな」

どうだ、できるか、と土方は訊いた。総司は首をかしげて考えていたが、ふと口を開いて和歌を詠じた。

雪霜《ゆきしも》に色よく花のさきがけて散りても後に匂う梅が香
雪霜の中、他の花に先駆けるように鮮やかに咲いた梅は、たとえ早々と散っても、後に香りが残るだろう、という和歌だ。

土方は訝《いぶか》しそうに訊いた。

「なんだ、それは――」

総司は笑顔で答える。

「芹沢さんが投獄されていたときに、詠《よ》んだ辞世の和歌ですよ。酒席で教えてもらいました」

「その和歌がいまの話と何の関わりがあるというのだ」

総司はふふ、と笑った。

「芹沢さんは、もう辞世の和歌まで作っている。死ぬ支度はできている、ということですよ」

総司の言葉には感情がこもっていなかった。

土方はたしかめるように訊いた。

「お前はそれでいいのか」

総司は澄んだ目で土方を見返した。

「どちらにしても芹沢さんはいなくなるんです。同じことじゃありませんか」

総司の心は渇いていた。

こうして十六日になった。

雨が降り続いている。

総司がなおも縁側で庭を眺めていると、土方がかたわらに来て、

「おい、角屋《すみや》に行くぞ」

と声をかけた。すでに夕刻だった。

総司は無言で立ち上がる。

この日、新選組の総会が島原の角屋で開かれることになっていた。

八月十八日政変での出動の慰労のためだったが、芹沢は有栖川宮の東下を護衛することを告げるつもりだった。

総司は土方とともに角屋に向かった。すでに芹沢は平山五郎たちとともに先に着いていた。

やがて近藤が遅れて来る。土方は座を取り持って、皆に酒を勧めた。

呼ばれた芸妓《げいこ》たちが脂粉《しふん》の香りとともに嬌声《きょうせい》で座をにぎわした。

芹沢が話の口火を切ろうとする隙を与えない。酒がまわるにつれ、一座は乱れて、有栖川宮護衛の話をするのは不謹慎だと思った芹沢は口を閉ざした。

それを見て、土方は一同にさらに酒を勧めてまわった。

酒がまわったのか、芹沢は中座すると、平山五郎、平間重助《ひらまじゅうすけ》とともに壬生へ帰った。

土方と総司も一緒についていく。

壬生に着いた芹沢たちは、八木家の本宅の部屋を借りて酒を飲んだ。土方と総司も

これにつきあった。

芹沢は先の見通しが立ったからなのか、上機嫌だった。

そこにあらかじめ呼んでいたらしい女たちがやってきた。平山の馴染《なじ》みの桔梗屋《ききょうや》の遊女、小栄《こえい》と平間の馴染みの輪違屋《わちがいや》の遊女、糸里《いとさと》、それに芹沢の愛妾《あいしょう》だと噂される梅《うめ》だった。

梅は壬生浪士組に隊服を納めている四条堀川《ほりかわ》の呉服商菱屋《ひしや》太兵衛《たへえ》の妾《めかけ》だという。

太兵衛は隊服の代金の取り立てに番頭を遣《や》ってもはかばかしくないことから、梅に行かせた。

梅は、元は島原のお茶屋にいた芸妓で、菱屋に落籍《ひか》され、その妾となっていたらしい。

年は二十二、三で涼しい目をして口元が引き締まった美人でしかも愛嬌《あいきょう》があった。

太兵衛に言われて壬生に通ううち、なぜか芹沢と深い仲になっていた。

芹沢が梅を手籠《てご》めにしたのではないか、などと噂されたが、壬生に通ってくる梅の様子にはそんな暗さは見られない。

惚《ほ》れた男のもとに通う女のつやめきだけがあった。

総司は梅が座敷に入ってくると、すっと立ち上がった。

部屋を出ていく総司に梅が、何となく、

「沖田先生——」

と声をかけたが、総司は振り向かない。そのまま八木家の本宅を出て屯所に戻った。

まだ雨が降っている。

しかし、総司は肩先が濡《ぬ》れたのも気にせず、部屋に入ると、行燈《あんどん》の明かりを灯《とも》した。刀をとって目釘《めくぎ》をたしかめる。行燈の明かりで刃をじっと見つめた。

白々と輝く刃を見ていると、総司の表情は落ち着いてきた。

これから芹沢を斬るのだ、と思った。

寝静まってから襲うことになるだろうが、その時には梅が芹沢のそばにいるに違いない。

「嫌だな」

総司はぽつりとつぶやいた。

酔った芹沢は梅たちとともに庭に面した十畳間に入った。中央に屏風《びょうぶ》を置いて庭に近い方に芹沢と梅、屏風を挟んで平山五郎と小栄、玄関脇の四畳半に平間重助と糸里が寝た。

土方は芹沢たちが寝るのをたしかめてから、八木邸を出た。屯所にしている前川《まえかわ》邸に戻ると、待機していた山南敬助、原田左之助《はらださのすけ》に声をかけた。

「寝静まってからだ」

土方がさりげなく言うと山南と原田はうなずいた。

「沖田は？」

土方が訊《き》くと、原田があごで奥の部屋をさした。土方はそのまま奥へ向かった。

総司の部屋の障子に手をかけ、

――入るぞ
と言うと、どうぞ、と答えがあった。土方が入ると総司は行燈に向かって刀をあらためていた。土方は座って、

「芹沢さんが寝るのを待つ」

と言った。総司はそれには答えず刀身を見つめたまま、

「ところで、わたしたちは何の罪で芹沢さんを斬るのですか」

と訊いた。土方は眉《まゆ》をひそめた。

「局を脱するを許さず、という法度に背いたからだ」

「なるほど。ですが、法度には士道に背きまじきこと、ともあります。寝込みを襲うのは士道に背きませんか」

土方の目が光った。

「何が言いたいのだ」

「知ってますか。芹沢さんが士道に背くなと法度に入れたのは、近藤さんと土方さんに守らせるためですよ。おふたりとももともと武士ではありませんから。芹沢さんはそのことを案じたのです」

総司は刀を鞘《さや》に納めながら淡々と言ってのけた。

「あのひとは、そんな堅苦しいことを言っているから、おれたちに斬られることになったのだ」

土方はひややかに言った。

「ですが、浪士組の士道は芹沢さんが守ってきた。あのひとを斬ればわたしたちは、ただの人斬りになりはしませんか」

「おれはそれでいいと思っている。もともと身分のないおれや近藤さんがのしあがるのは人斬りとしての道だけだろう」

土方は含み笑いして言った。

時がたってから、土方は、行くぞ、と声をかけた。沖田は迷わず立ち上がった。

部屋を出るといつの間にか山南と原田がついてきた。屯所と八木邸はすぐそばだ。

総司たちは雨に濡れながら八木邸の庭に入った。

総司は忍び足で縁側にあがった。夏のことで、雨戸は立てていない。障子に耳を近づけて寝息をうかがった。いびきが聞こえる。

だが、総司は首をかしげた。

芹沢はすでに気づいているのではないか。梅を揺り動かす気配があった。囁《ささや》くような、

――逃げろ

という声が聞こえた。総司は障子《しょうじ》に手をかけると無造作にがらりと開けた。

「芹沢さん、わたしです」

「沖田君か――」

芹沢は笑った、同時に裸身のまま脇差《わきざし》で斬りつけてきた。

総司の頬《ほお》を刃がかすめた。

芹沢の動きは豹《ひょう》のように敏捷《びんしょう》だった。

総司の抜き打ちをかわし、なおも脇差を振るった。土方が総司のわきから斬りつけるのを脇差で弾《はじ》き返した。

この間、土間を抜けて十畳間に飛び込んだ山南と原田が平山に斬りかかる。女たちの悲鳴が上がった。

芹沢は、こっちだ、と叫ぶなり縁側を通って隣の部屋に入った。

追いかけた総司が振り上げた刀が鴨居《かもい》に当たった。

「沖田君、狭い部屋では突きしかできぬといつか教えたはずだぞ」

芹沢は余裕綽々《よゆうしやくしやく》で言った。

「芹沢さん、もうあなたに教えてもらうことはありません。今夜からわたしはただの人斬りですから」

総司は気合も発しないで突いた。芹沢はかわしたが、裸身をかすめた刃で脇腹に傷を負った。

その傷をものともせず、芹沢は脇差を振るって斬りかかる。

総司は刀で受けたが、狭い部屋の中では大刀は振るいにくい。暗闇だけにどこに何があるかもわからない。

総司は突きの構えをとった。芹沢も脇差を正眼に構える。

そのとき、梅の声がした。

――芹沢先生
芹沢はうろたえた。

「逃げろと言ったぞ。なぜ逃げぬ」

総司と土方を隣室に引き寄せたのは、梅を逃がすためだった。

「いやどす、死ぬなら芹沢先生と一緒に死にとうおす」

梅は芹沢にすがりつこうとした。

「よせ――」

芹沢は梅を突き飛ばした。

梅は畳に倒れた。

真っ暗な部屋だが、梅の夜目にも白い素裸が浮かび上がった。

総司は梅の裸身を見て、かっとなった。

「女――」

叫びながら梅を突こうとした。だが、その前に総司は手ごたえを感じた。

芹沢が梅をかばって身を投げ出していた。総司の刀は深々と芹沢の胸に突き刺さっていた。

「芹沢さん、あなたというひとは何をするんだ」

総司は泣き顔になってうめいた。

芹沢は荒い息をしながら、

「女は殺すな。頼む――」

と言った。総司は頭を振りながら、刀を抜こうとした。

だが、芹沢は脇差を捨てると総司の両腕をつかんだ。

芹沢はぐいと体を押しつけてくる。

刀がさらに深く刺さった。

「芹沢さん、あなたはそこまで女をかばいたいのですか」

総司は涙を流しながら言った。

「違うさ。沖田君に女を斬らせたくないのだ。人斬りになっても女は殺すな」

あえぎながら、芹沢は言った。

「人斬りは人殺しです。同じことです」

総司は激しく頭を振った。芹沢の胸から流れる血が総司の腕を濡《ぬ》らした。

「違うのだ。人殺しとわれらは違う」

芹沢は総司の肩に手をかけ、抱きしめた。

「沖田君、わたしは斬られるなら、君がいいと思っていた」

芹沢は総司の耳元で囁いた。

「芹沢さん――」

総司は目を閉じて刀に力を入れた。刃が芹沢の体を突き抜けた。

もはや、芹沢は死ぬだろうと思った。

芹沢も最後の力を振り絞るようにして総司を抱きしめて、

「君がいいと思っていた。君がいいと――」

とかすれ声で言った。同時に芹沢は血を吐いた。

総司は刀を引いた。芹沢は立っていられなくなり、ずるずると畳に倒れた。

「芹沢先生――」

梅が倒れた芹沢にすがった。その瞬間、土方が梅の背中から刺した。

梅はうめいて芹沢にすがったまま息絶えた。

土方は倒れている芹沢にも止めを刺した。

「一緒に死なせてやるのが功徳《くどく》だろう」

土方がつぶやくと、総司は刀を捨てて、庭に転がり出た。

雨に濡れながら、跪《ひざまず》いた。

何も考えられなかった。ただ、芹沢の笑顔だけが脳裏に浮かんだ。

ふと、手を見た。暗くてよくわからないが、芹沢の血で染まっているはずだ。

雨に向かって手を差し出した。芹沢の血を洗い流したい。

だが、雨に手をさらすと、ひりひりとした痛みが走った。たったいままで芹沢に抱きしめられていた肩や腕が焼け付くように痛かった。

(どうしてこんなことに――)

総司は手を下してうつむいた。すると、体の奥から何かが湧き出てくるのを感じた。

涙があふれてくる。

――悲しい
総司は胸の底からの感情に揺さぶられた。

芹沢が死んで悲しい。

そう思って、はっとした。いままで感情など抱いたことはなかった。
だが、芹沢を死なせた後、胸にあふれているのは、たしかに悲しみの情だった。
芹沢さん
わたしはあなたを殺して
悲しみを
初めて知りました
総司はいつまでも雨に打たれながら慟哭《どうこく》していた。

この夜、平山五郎も斬殺《ざんさつ》された。別室にいた平間重助は逃亡し、小栄と糸里も難を逃れて姿を消した。芹沢と平山の殺害は長州藩士の仕業《しわざ》とされ、十八日に神式に則《のっと》った盛大な葬儀が執《と》り行われた。

翌元治元年（一八六四）三月、筑波山で挙兵した藤田小四郎は、その後、武田耕雲斎を首領として西上、京を目指した。

在京していた一橋慶喜に訴え、苦境を脱しようとしたのだ。だが、越前新保《えちぜんしんぽ》で加賀藩に降《くだ》り、幕府に引き渡された。

慶応《けいおう》元年（一八六五）二月四日、藤田小四郎たち天狗党は越前敦賀《つるが》の海岸で斬罪に処せられた。

芹沢鴨は壬生で斬られなかったとしても、小四郎たちとともに海辺で斬首されていたに違いない。

鬼の影

一

男は三味線《しやみせん》を抱えて底響きする声で唄《うた》った。

更けて廓《くるわ》のよそほひ見れば
宵《よひ》の燈火《ともしび》うちそむき寝《ね》の
夢の花さへ散らす嵐のさそひ来て
閨《ねや》をつれ出すつれ人をとこ
よそのさらばも猶《なほ》あはれにて
内も中戸《なかど》をあくるしののめ
送る姿の一重帯
解《と》けてほどけて寝乱れ髪の
黄楊《つげ》のつげの小櫛《をぐし》も
さすが涙のはらはら

袖《そで》に、こぼれて袖に
露《つゆ》のよすがの憂きつとめ
こぼれて袖に
つらきよすがのうき勤め

唄い終えて男が三味線を置くと、はなやかな衣装に身を包み、脂粉《しふん》の香を漂わせた娼妓《しょうぎ》の夢橋《ゆめはし》と夕霧《ゆうぎり》が手を叩《たた》いて嬌声《きょうせい》をあげる。

「ええ声やなあ」

「ほれぼれしますえ」

池田久右衛門《いけだきゅうえもん》は盃《はい》を口もとに運びつつ、

「さすがに戸張《とばり》殿は達者でござるな」

と笑った。頭を剃《そ》り上げて体つきはがっしりとした戸張甚九郎《じんくろう》は、夢橋に酌《しゃく》をされつつひとのよさげな顔で、

「池田様がつくられた歌詞がええさかいや。まことによい唄ですな〈里げしき〉は——

——」

と愛想よく答えた。

甚九郎は拙庵《せつあん》と号して伏見《ふしみ》で医者をしているが、親の遺《のこ》した財産がたっぷりとある

らしく、医業もそこそこに遊里《ゆうり》に出入りして遊び歩いていた。

ここは京、伏見の撞木町《しゅもくまち》の妓楼《ぎろう》、笹屋《ささや》である。撞木町は京街道、大津《おおつ》街道が分岐する地で芝居小屋があり、遊郭が軒《のき》を連ねている。

撞木町の遊女は太夫《たゆう》はおらず、下級の天神《てんじん》、囲《かこ》い、半夜《はんや》などだけだが、それだけに金もかからず、気楽に遊べることから遊客に好まれていた。撞木町という町名は地形が撞木に似ていたのでつけられたという。

久右衛門のかたわらに控えて、もてなしていた笹屋の主人清右衛門《せいえもん》も、

「さすが涙のはらはら、袖に、こぼれて袖に、露のよすがの憂きつとめ、こぼれて袖に、つらきよすがのうき勤め、とはまことに哀しくせつない唄でございます。池田様はお武家やのによく作られました」

とため息をついて言った。

「武家とはいっても、主家を失った浪人者、世渡りの哀しさぐらいはわかるようになったということかな」

久右衛門はしみじみと言った。夕霧が久右衛門にしなだれかかり、酌をした。

「それでも、お武家はお武家、地獄に暮らす遊女の辛《つら》さはおわかりにならしまへん」

「そうか、ここは地獄か」

「へえ、まことに楽しい地獄どす」

夕霧がなおも言うと、清右衛門が苦笑した。

「これ、さように申しては座興の妨げや」

久右衛門は盃を干して、

「なんの、まことにこの世は地獄やと思えばこそ、酒も女も身に染みる」

筆と硯《すずり》を持ってきてくれ、と久右衛門は言った。清右衛門が手を叩き、小女《こおんな》に言いつけると、すぐに筆と硯が用意された。

久右衛門は立ち上がると、白い襖《ふすま》に向かって硯を手に筆をとった。

今日亦逢遊君　空過光陰
明日如何　可憐恐君急払袖帰
浮世人久不許逗留　不過二夜者也

甚九郎が、すぐに声をあげて読み下していく。

今日また遊君に逢ひて、光陰空《むな》しく過ぎる
明日はいかならん、憐《あは》れむべし恐らく君急に袖を払ひて帰らん
浮世人の久しく逗留《とうりう》するを許さず、二夜を過ぎざるものなり

読み下した甚九郎は感に堪えたように、

「なるほど、粋《いき》なものやな」

と言った。清右衛門もうなずく。

「池田様はまことに粋人どす」

久右衛門は黙って盃を重ねる。

その表情にわずかな翳《かげ》りがあるのに気づいているのは、馴染《なじ》みの夕霧だけだ。

池田久右衛門とは仮の名である。

久右衛門の本名は、

――大石内蔵助良雄《おおいしくらのすけよしたか》
だった。

元禄《げんろく》十四年（一七〇一）三月十四日、江戸城中松之廊下において、高家《こうけ》筆頭の吉良《きら》上野介《こうずけのすけ》義央《よしひさ》を小刀《ちいさがたな》で切りつけ傷を負わせる事件を起こした浅野《あさの》内匠頭《たくみのかみ》長矩《ながのり》につかえた筆頭家老である。

刃傷《にんじょう》により長矩は切腹、城地収公の裁断が直《ただ》ちに行われた。この報告が赤穂《あこう》に伝えられると家中は混乱し、城明け渡しを拒み、城を枕に討ち死にすべきだ、あるいは吉良上野介への主君の恨《うら》みを晴らすべきだなどと論議は沸騰した。

大石はこれらの意見をふたつにまとめた。ひとつは長矩の弟、浅野大学長広《だいがくながひろ》による浅野家再興を願い出ること、さらに城中での喧嘩《けんか》は両成敗であるべきだとして吉良の処分を求めることだった。この際、大石は藩士が結束してことにあたるよう、

——義盟

を結んだ。これが後々、藩士たちを縛ることになる。

大石は家中を鎮《しず》め、四月十九日には赤穂城を受城使に無事明け渡した。さらに藩札交換や家中の割賦金《わっぷきん》支給などの煩雑《はんざつ》な事務も滞りなく行った。

そして六月に京都郊外の山科《やましな》に移り住んだ。

隠棲先《いんせい》として山科を選んだのは、浅野家の物頭《ものがしら》役四百石で大石の親族である進藤源四郎《しんどうげんしろう》の縁地で、近隣の江州石山《ごうしゅういしやま》の東の大石村には大石家の縁者が多かったからだ。

この時代、幕府の取り締まりが厳しく浪人が住居を構えるには庄屋《しょうや》や村役人の許可が必要だった。

大石は進藤源四郎を元請人として千八百坪の土地を買い、移り住んだのだ。

山科は京の東山《ひがしやま》と逢坂山《おうさかやま》との谷間の盆地で、東海道に近く京都や伏見にも近いなどの便がよかった。

大石は日頃、自らを表さない性格で、

——昼行燈《ひるあんどん》

のあだ名すらあったが、主君の刃傷事件以後は果断な処理を行い、周囲にとって意外な器量を見せた。しかし、山科に移ってからは、遊興にふけり、あたかももとの凡庸に戻ったかのようである。

大石が傷ついた獣が癒《い》えるのを山中で待つように山科に潜《ひそ》んでから、ちょうど一年がたった。

元禄十五年六月——

すでに浅野内匠頭の切腹から一年三ヵ月が過ぎようとしていた。

この夜遅くなって大石は駕籠《かご》を呼んでもらい、帰宅の途についた。どのように遊んでも郭《くるわ》に泊まらないのは、上士であった者の行儀のよさだった。

撞木町に通う遊客は、

——白魚《しらうお》大臣

などと呼ばれる。

京から撞木町までの駕籠代が五匁《もんめ》二分《ぶ》で駕籠代と遊び代が同じくらいだということから、竹籠《たけかご》代のほうが高い白魚にちなむのだという。ちなみに当時、京の祇園《ぎおん》で遊べば三十匁はかかった。

駕籠に乗った大石は酔ってあたかも白魚のようにぐったりとして居眠りしていた。

だが、突然、駕籠が止まった。

駕籠かきが、悲鳴をあげるのと、駕籠のたれを白刃が貫《つらぬ》くのが同時だった。大石の鼻先に刃が突きつけられた形になった。

大石は眉《まゆ》ひとつ動かさず、

――何者だ
と声を発した。駕籠の外から男の声がした。

「堀部《ほりべ》でござる。行いを改められよ。さもなくば次にはお命を頂戴《ちょうだい》いたす」

言い終えると同時に白刃は駕籠の外へ引き抜かれた。

大石がたれをあげてのぞき見ると、月光に笠《かさ》をかぶった大柄な浪人者が撞木町の方角に悠然《ゆうぜん》と立ち去っていくのが見えた。

「安兵衛《やすべえ》か。やはり、あ奴《やつ》は斬らねばならぬか」

大石はたれを下ろしてからつぶやいた。

浅野家旧臣はいったん御家再興の方針でまとまったが、その後、江戸の堀部安兵衛や奥田孫太夫《おくだまごだゆう》らは、吉良義央を討つべきだと声高に主張するようになっていた。

安兵衛は大石に対して江戸に下向するよう求めて何度も書状を送ってきた。

その内容は、

「亡君が命をかけた相手を見逃しては武士道が立たない、たとえ大学様に百万石が下されても武門としての面目は立たない」

というものだった。

大石は、安兵衛からの書状が届くたびに、

——愚かな
と吐き捨てるように言って書状を読み捨てた。大石は浅野内匠頭長矩の弟である大学による浅野家再興を目指して動いてきた。

浅野家の祈禱《きとう》所、遠林寺《おんりんじ》の僧侶祐海《そうりよゆうかい》を伝手《つて》にして、綱吉《つなよし》の生母桂昌院《けいしょういん》に影響力があった神田護持院《かんだごじいん》の隆光大僧正《りゅうこうだいそうじょう》に誼《よしみ》を通じた。

隆光は将軍綱吉に生類憐《あわれ》みの令を勧めた僧として世間の評判が悪かったが、そんなことには、かまっていられなかった。

大石は隆光に金品を送り、大奥に働きかけた。さらに、祐海に、

——柳沢《やなぎさわ》様への御手筋はこれあるまじく候や。柳沢様ご家老平岡宇右衛門《ひらおかうえもん》、これへとくと手寄り申し含め候はば、柳沢様お耳へも達し候やうに成るべく候
と手紙を送り、綱吉の寵臣《ちょうしん》、柳沢吉保《よしやす》を動かすことはできないかと模索していた。

だが、はかばかしい成果があがらず、さすがの大石も焦慮《しょうりょ》した。

それだけに、急激に仇討《あだうち》を目指すようになった江戸の安兵衛たちが頭痛の種だった。しかも、放っておけば江戸の者たちだけで突出して吉良を討とうとするかもしれない。やむなく大石は、安兵衛らを鎮撫《ちんぶ》すべく、昨年九月中旬に原惣右衛門《はらそうえもん》と潮田又之丞《うしおだまたのじょう》、中村勘助《なかむらかんすけ》の三人を江戸に派遣した。

原は浅野家で三百石、足軽《あしがる》頭の上士だった。潮田は絵図奉行、中村は祐筆《ゆうひつ》役といずれも旧藩で身分があった者たちだった。さらに進藤源四郎と大高源五《おおたかげんご》も江戸に向かわせた。

しかし江戸入りした五人は安兵衛に説得されると、たちまち仇討に同意して江戸急進派に加わった。安兵衛たちは、

「もし、大石殿が動かないようであれば、原惣右衛門を旗頭にして吉良を討とう」

と申し合わせるまでにいたった。

このとき、赤穂の旧臣は二派に分かれたのだ。事態を憂慮した大石は昨年十一月、自ら江戸に下り、安兵衛らと元浅野家出入りの日傭《ひよう》頭、前川忠太夫《まえかわちゅうだゆう》の三田《みた》の屋敷で会談した。大石は、

——浅野大学様の安否を聞き届けない内はどのような考えも大学長広様の為にならない。し損じればかえって害となる

と安兵衛を抑えた。

あくまで御家再興を優先する大石と一刻も早い仇討を主張する安兵衛は折り合わなかったが、大石は長矩の一周忌となる翌年三月十四日を待っての決行を安兵衛に約束して京都へ戻った。

大石がはぐらかしたとも言えるし、安兵衛が仇討の約束をとりつけたとも見ることができる会談だった。

このとき、大石の胸には一周忌までには浅野大学の閉門が解け、浅野家再興の話も進むのではないかという期待があった。

だが、事態は好転せず、御家再興をめざす大石は手詰まりとなった。一周忌が過ぎても動きを見せない大石に安兵衛は憤《いきどお》りを募らせ、今月になって上洛《じょうらく》していた。

しかし、京に入った安兵衛は大石のもとに姿を見せず、上方《かみがた》の浅野家旧臣たちを訪ね歩いていた。もはや、大石を見限り、ひとりでも多く、仇討に加わる者を増やそうとしているようだ。

そんなことを大石が考えていると、ようやく気を取り直した駕籠かきが、

「旦那《だんな》はん、急いで山科へ参ります」

と大石に声をかけて駕籠をかつぎなおした。

「急がぬでもよい。ゆっくりと参れ」

大石はのんびりと言いつつ、胸の中では安兵衛をどうやって斬るかと算段をめぐらしていた。

(高田馬場《たかだのばば》で十八人斬ったという安兵衛が相手だ。容易ではないな)

大石は考えつつあくびをして、いつの間にか目を閉じて寝込んでいた。本来、大胆不敵な性格なのだ。

その様は眠り猫のようである。

二

翌日朝、大石は京の小野寺十内《おのでらじゆうない》に、相談いたしたきことあり、と使いを出した。

十内はその日、夕刻には山科の大石宅にやってきた。

「早《はや》や、来ていただきありがたい」

十内は穏やかな笑みを浮かべる。この年、六十歳。

大石は年上でもあり、永年、京都留守居《るすい》役を務め、赤穂随一の歌人とも言われる十内に敬意を表して頭を下げた。

「何の——」

十内は言いながら家にあがり、居間で大石の前に座った。間もなく大石の妾《めかけ》である可留《かる》が茶を持ってきた。

可留は色白で目がすずしく、ととのった顔立ちだ。十九歳である。生家は京都二条寺町《にじょうてらまち》で出版業とも古道具屋をしていたとも伝えられる。又、京都島《しま》原中之町《ばらなかのちょう》の娼家の女だったともいう。

それにしても四十四歳になる大石とは不釣り合いであり、しかも大石はおよそふた月前の四月に長男主税良金《ちからよしかね》をのこして妻のりくを離別している。

大石が何のために妻を去らせたのか旧赤穂藩士の間でも話題になった。

ある者は来るべき仇討で妻子に累《るい》が及ばないようにするためだろう、と推察し、別な者は撞木町での遊びが激しくなり、妻に愛想をつかされたに違いない、などと言った。

いずれにしても妻を離縁後、若い女を家に入れた大石の評判は芳《かんば》しいものではなかった。

ちらりと可留の顔を見てから十内は茶を喫した。

十内は京、堀河《ほりかわ》の堀川塾で古義《こぎ》学を伊藤仁斎《いとうじんさい》に学んでいる。学識においても赤穂藩で抜きん出ていた。

後に赤穂浪士のひとりとして討ち入りを果たした後、仁斎の長男で私塾を継いだ伊

藤東涯《とうがい》は、十内のことを手紙で、

——かねて好人とは存じ候へども、か様ほどの義者に御座候とは思ひかけず候

と書いている。

仁斎の塾で十内はその人柄を認められていたのだ。また、愛妻家としても家中に知られていた。

武具奉行百五十石の灰方佐五右衛門《はいかたさごえもん》の娘である妻の丹《たん》は、十内同様に和歌を嗜《たしな》んだ。十内は討ち入り後、丹に手紙で、

——我等御仕置にあふて死ぬるなれば、かねて申しふくめ候ごとくに、そもじ安穏にても有るまじきか。さ候はば予《かね》ての覚悟の事驚き給ふ事も有るまじく、取り乱し給ふまじきと心易く覚え申し候

と書いた。

吉良義央を討ったからには、息子の幸右衛門《こうえもん》とともに幕府の仕置きによって死を与えられることはかねて覚悟している。

そのことはかねて言い含めていたから驚くようなことはなく、取り乱すこともないだろう、と安心している、という内容の手紙には、丹をいつくしむ心と信頼があふれていた。手紙には、

まよはじな子と共に行く後の世は
心のやみもはるの夜の月

との和歌が添えられていた。

十内の切腹後、丹は夫の名を彫った墓石を東山仁《に》王門《おうもん》通り西方寺《さいほうじ》に建て、四十九日の仏事の後、京都猪熊五条下《いのくまごじようさが》ル日蓮《にちれん》宗本圀寺《ほんこくじ》の塔中《たつちゆう》、了覚院《りようかくいん》で絶食して自らの命を絶った。

たがいをいとおしみ、命をともにする覚悟のある夫婦だった。

十内は大石の顔を見ながら、

「さて、ご用事は堀部がことでございますか」

と言った。大石はにこりとした。

「さすがに察しがよいな」

「堀部は上洛いたしたようでございますが、まだ姿を見せませぬか」

十内はうかがうように大石を見た。

「おそらく上方で同志を募っているのだ。集められるだけの者を集めたならば、わたしに直談判して仇討《あだうち》に立たせようというのだろう」

「そのときはいかがなさいますか」

「山鹿《やまが》流兵学により処分いたす」

大石は平然と言った。

赤穂藩には山鹿素行《そこう》の軍学が伝わっている。素行は奥州会津《おうしゅうあいづ》生まれで、七歳の時、父に従って江戸に出た。儒学を林羅山《はやしらざん》に、兵学を軍学者の小幡景憲《おばたかげのり》と北条氏長《ほうじょううじなが》に学んだ。二十一歳の時に兵学者として独立し、

——山鹿流兵学
を創始した。諸大名に招かれ、多くの門人を抱えた。すでに大坂の陣も終わり、太平の世となっていたが、武士に儒教道徳を求め、武士のあるべき姿として、

——士道
を提唱したのが特色だった。しかも素行はこの時期の官学であった朱子《しゅし》学が現実から遊離しているとして士道を提唱したのだ。

素行は朱子学を批判した『聖教要録』を刊行したことから幕府の忌諱《きき》にふれて、寛《かん》文《ぶん》六年（一六六六）四十五歳の時に赤穂に流罪《るざい》となった。

赤穂に流され、十年を過ごした後、ようやく江戸に戻った。

この間、浅野家中で素行の教えを受ける者は多かった。大石も八歳から十七歳まで素行の教えを受けたのである。

「堀部の動きは抜け駆けだと思われるのでございますな」

「そうだ。山鹿流では、抜け駆けは勇士の本意にあらず、抜け駆けの者ひとりある時はその備え全からず、軍法正しからざるものなり、とある。ゆえに腹を切らせねばならぬところだが、堀部は応じまいから斬るしかない」

「さて――」

十内は眉《まゆ》を曇らせた。

「あの男はもともと浅野家中ではない。しかたがないことかもしれんが、武士たる者の道は御家安泰につくすことにある。わが大石家は浅野家が常陸笠間《ひたちかさま》の城主であられた頃から仕えて足軽頭を務め、その後、代々浅野家筆頭家老の家柄となった。父が若くして亡くなったゆえ、わたしは十九歳で家督を継ぎ、二十一歳で浅野家筆頭家老となった。堀部とは背負っているものが違う」

大石はきっぱりと言った。

安兵衛は、越後《えちご》国新発田《しばた》藩溝口《みぞぐち》家家臣の中山弥次右衛門《なかやまやじえもん》の長男として新発田城下外《と》ケ輪《がわ》で生まれた。

母は安兵衛が幼いときに病で亡くなり、その後は父に男手ひとつで育てられた。だが、安兵衛が十四歳のとき、城の櫓《やぐら》から失火した責任をとって弥次右衛門は主家を追われて浪人となった。

間もなく弥次右衛門は病死、安兵衛は元禄元年（一六八八）、十九歳で江戸に出た。小石川牛天神下《こいしかわうしてんじんした》にある堀内源太左衛門正春《ほりうちげんたざえもんまさはる》の道場に入門した。剣の才を顕《あらわ》して堀内道場の四天王のひとりと呼ばれるようになった。

そんな中、元禄七年二月、同門で叔父甥《おじおい》の義理を結んでいた伊予《いよ》国西条《さいじょう》藩松平《まつだいら》家家臣菅野六郎左衛門《すがのろくろうざえもん》が、高田馬場で果し合いをした際、助太刀を買って出て、相手方三人を斬った。

この決闘での活躍で武名が高まった安兵衛を赤穂浅野家家臣、堀部金丸《あきざね》が婿《むこ》養子に望んだ。安兵衛は中山家の嫡子《ちゃくし》であることを理由にいったん断った。

だが、金丸は諦《あきら》めず、それでもかまわないからと言い張り、安兵衛は根負けして婿入りした。さらに金丸が隠居すると堀部家の家督を継いだのである。

このため安兵衛は浅野家では新参者の扱いを受けていた。それだけに安兵衛は自らの武名をあげようとしているのではないかと大石は思っていた。

「堀部は今少し思慮のある男かと存じますが」

十内が遠慮がちに言うと、大石は首をかしげた。

「わたしもさように思っていたが、昨夜、撞木町から帰るわたしが乗った駕籠《かご》に、堀部と名のる男が刀を突き入れてきおった」

ほう、と十内は目を丸くした。

「それでお怪我はありませんでしたか」

「なかった。だが、襲った者はわたしに、行いを改めよと言いおった」

「まさか、堀部ではないと存じます」

十内は頭を横に振った。

「堀部と名のったのはたしかなことだ。駕籠の外ゆえ、はっきりとはわからぬが、堀部と関わりがなければそうは名のるまい」

大石があっさり言うと、十内はうなずくしかなかった。

「堀部をどのようになさいますか」

「斬ろうと思うのだ」

大石の目が光った。十内はため息をつく。

「お考えなおし願えませぬか」

「いや、ならぬ。堀部達の軽挙妄動で御家再興がならなければどうなる。家臣としてこれ以上の不忠はないぞ」

はっきりと言われてしまえば、十内も反対はしかねた。

「しかし、斬るといってもいかようにするのでございますか。堀部ほどの手練《てだ》れを斬れるものはそうはおりませんぞ」

「何もわたしひとりで斬ろうとは言っておらぬ。不破数右衛門《ふわかずえもん》がおる。さらにわたしの息子の主税がおる。隙をついて三人でかかればいかに堀部でも討てぬことはあるまい」

不破数右衛門は浅野家では百石取りの馬廻《うままわり》役、浜辺奉行だったが、性格が豪放に過ぎ、ささいなことで家僕《かぼく》を斬って咎《とが》めを受けて浪人した。

浅野家が断絶、旧藩士の間で義盟が結ばれたことを知った数右衛門は参加を望んだ。

大石が昨年、江戸に下向した際に吉田忠左衛門《よしだちゅうざえもん》の仲介で面会して願った。

大石はためらったが長矩の墓前で参加を願う数右衛門に根負けして加盟を許した。

その数右衛門が江戸から上方へ出てきている。数右衛門ならば、安兵衛の剣名を恐れず大石の命に従うだろう。

数右衛門は後の討ち入りの際、吉良邸内で奮戦し、小手や着物は切り裂かれ、刃もこぼれてササラのようになったと伝えられる剛強だった。

「なるほど、さようでございますな」

十内は逆らわずに同意して、ふと思いついたように訊《き》いた。

「ところで大石様は吉良を討つことにはこの先も賛同されぬのでございますか」

大石はゆっくりと頭を振った。

「いや、わたしも本音を申せば、吉良を討ちたいと思っている。それが武士としての道だ」

「さようでございますか」

十内は、はっとした。

「だが御家再興を図るのが、家臣としての道だ。家臣としての道を歩むのが、いまわれらがなさねばならぬことだ。その道が断たれたならば武士として歩むことになろう」

と言った。

――士ハソノ至レル天下ノ大事ヲウケテ、其大任ヲ自由ニイタス心アラザレバ、度量寛《ひろ》カラズシテセバセバシキニナリヌベシ
と『山鹿語類』にある。大石は、吉良を討つのは喧嘩《けんか》両成敗という天下の法がないがしろにされたことを正す士道なのだ、と言った。

「そのため、堀部を斬られまするか」

「いたずらな血気の勇は士道にかなわぬとわたしは思っている」

「さようでございますか。ならば、もはやお止めしても無駄でございますかな」

十内は淡々と言った。

「ところで小野寺殿は伊藤仁斎先生の薫陶《くんとう》を受けてひさしい。もし伊藤先生ならばかようなおりはどう考えられたであろうか」

大石はふと、思いついたように言った。

「さて、それはわたしなどには答えられぬことでございますが、伊藤先生はおよそ、物を考えるにあたって、高遠な説によるよりも、身近なる物に学ぶべきことがあるとおっしゃいます。すなわち物事を考えるにあたって、大事なのはやわらかなる心ではないかと存じます」

十内は微笑して言った。

「やわらかなる心か——」

大石はつぶやいた後、不意ににこりと笑った。

三

二日後——
大石のもとに一通の書状を飛脚《ひきやく》が届けた。十内からの手紙で小さな包みが添えてあった。

大石は十内の書状を読んで何度かうなずき、包みも開けてみた。そこには薬袋が入っていた。

大石は興味深げに紙包みを手に取って眺めた。

そして、可留を呼んで、

「今日は撞木町に行く。帰りは遅くなるから休んでいなさい」

とやさしく言った。可留が悲しそうな顔をすると、

「心配することはない。遊びではない。大事な話をしにいくのだからな」

大石の腕の中で可留は吐息《といき》をついた。

「まことでございますか」

「ああ、まことだとも。もっともいつまでもこうしていられるかどうかはわからぬがな」

大石はつぶやくように言ってから、地唄《じうた》を口遊《くちずさ》んだ。

あだし此身《このみ》を煙となさば
せめてくるのは里近く
廓《くるわ》のや、廓のせめて

せめて廓のさと近く
何を思ひにこがれて燃ゆる
こがれてもゆる
野辺の狐火《きつねび》さよ更けて
思ひにこがれてもゆる
野火の狐火小夜《さよ》更けて

〈狐火〉という大石が歌詞をつくった唄だ。哀調を帯びた唄声を聞いて、可留はとりすがった。

「どこか遠いところに行かれるのでございますか」

可留は心配げに言った。

「ひとはいつか遠いところに行くことになる。それはしかたのないことだ」

大石はそうつぶやきながら可留の懐《ふところ》をくつろげると、そっと手を差し入れた。

可留があえかな声をあげる。

この日の夜、大石が笹屋に赴くと、すでに安兵衛が来ていた。部屋に入ろうとすると、隣室から甚九郎が、

「池田様ではございませんか」

と声をかけた。甚九郎は夢橋や清右衛門とともに飲んでいるようだ。

大石は笑顔でうなずく。

「後でご一緒いたしましょう」

甚九郎は声を高くして呼びかけてきた。

大石が答えないまま、部屋に入ると、甚九郎が唄う地唄が聞こえてきた。

浮草は思案のほかの誘ふ水
恋が浮世か浮世が恋か
ちよつと聞きたい松の風
問へど答へず山ほととぎす
月やはものやるせなき
癪《しやく》にうれしき男の力
じつと手に手をなんにも言はず
二人して吊《つ》る蚊帳《かや》の紐《ひも》

安兵衛は大刀を店に預けず、傍《かたわ》らに置いている。遊びに来たのではなく、場合によって大石を斬るという覚悟を示したのだろう。

大石は座敷に入るなり、安兵衛の刀に気づいたが、何も言わない。

床の間を背に座るなり、

「わたしと酒を飲む気にもなるまいゆえ、馴染《なじ》みの遊女に茶を点《た》てさせよう」

と大石は言った。その言葉を受けて夕霧が入ってくる。座敷にはあらかじめ茶の支度がしてあった。

夕霧は茶釜《ちゃがま》の前に座り、作法通りに茶を点て始めた。茶を点てるのはこのような店の遊女の心得である。

安兵衛は精悍《せいかん》な顔の口を一文字に引き結んで何も言わない。

しかし、表情は穏やかである。やがて夕霧は茶を点て、安兵衛の前に黒楽茶碗《くろらくちゃわん》、大石の前に赤楽茶碗を置いた。

「御免――」

ひと声発して安兵衛が黒楽茶碗を取ろうとした。

「待て」

大石が声をかけた。

安兵衛は手の動きをぴたりと止めて、大石に目を向けた。

「そなたが、今日、わたしに会いに参ったのは小野寺殿に言われてのことであろう」

「さようでございます」

安兵衛は膝《ひざ》に手を置いて答える。

「どのようなことを言われたのだ」

「大石様のお心がけについてでございます」

「わたしの心がけとは」

大石は興味深げに安兵衛を見た。安兵衛は静かに口を開いて、

――士ハソノ至レル天下ノ大事ヲウケテ、其大任ヲ自由ニイタス心アラザレバ、度量寛カラズ
と詠《えい》じるように言った。

「なるほど、その意がわかったのか」

「主君の仇《かたき》を討とうとするは、私事、まことの武士たる者は天下の大事のためにこそ刀を抜くべきであるということかと存じます」

大石はじっと安兵衛を見つめた。

「それで、得心してくれたのか」

安兵衛はうなずく。

「わたしはかねてから、おのれのことで不審なことがございました」

「どういうことだ」

「わたしは義理の叔父《おじ》として結縁《けちえん》した菅野六郎左衛門殿の果し合いの助太刀をいたし、三人を斬りました。喧嘩《けんか》沙汰《ざた》の因縁によって刀を抜いただけのことでございました。しかし、仇討《あだうち》を果たした、十八人を斬ったなどともてはやされ、堀部家に婿入りするという幸いも得ました。しかし、そのもてはやされようは、浮薄なものだと思っても参りました」

「そうであろうな」

「それゆえ、浅野家に大事が起きたとき、もっとも武士らしく生きたいと思い、気が逸《はや》りました。情けないことですが、高田馬場でのような浮薄な評判でなく、武士らしき評判を得たいと思ったのです」

大石はうなずいた。

「なるほど、それでいまはどう思うのだ」

「武士は大義のために刀を抜くべきだ、と悟りました。それゆえ、大石様が待てと言われるならば百年でも待ちましょう」

安兵衛がきっぱり言うと、大石は大きく吐息をついた。

「そうか、わかってくれたのであれば、それでもうよい。その茶は飲むに及ばぬ」

「この茶をいただけませんのですか」

安兵衛は首をかしげた。

「茶が欲しければわたしの茶を飲め」

大石は黒楽茶碗を手元に引き寄せるとともに、赤楽茶碗を安兵衛の膝前に押しやった。

「これはいかなることでございましょう」

安兵衛は興味ありげに大石が手元に引き取った黒楽茶碗を見つめた。

「わたしはお主を斬るつもりでいた。そのことを知った小野寺殿はそなたを今日、笹屋に行かせることとともに、お主を斬ろうとするのは危ういから毒を盛って殺《あや》めたほうがよい、と手紙に認《したた》め、石見《いわみ》銀山の鼠《ねずみ》殺しだという毒薬を添えて送ってきた」

「さようでしたか」

安兵衛の目の奥が笑った。

「だが、お主がわかってくれたとあってはもはや毒を飼わずともよかろう」

そう言って大石は黒楽茶碗に目を落とすと、言葉を続けた。

「とは言うものの、小野寺殿はまことに毒を送ってきたのかどうか」

「さて、それはまことなのではありませんか」

安兵衛は大石が何をしようとしているのかを察してあわてて言った。だが、大石はなおも黒楽茶碗を見つめる。

「わたしは小野寺殿に伊藤仁斎先生の教えはどのようなものなのかと訊《き》いた。すると小野寺殿は、やわらかなる心ではないかと思うと言われたのだ」

ほう、と安兵衛は声をもらした。

「小野寺殿のやわらかなる心を知ってみたい。お主はその赤楽茶碗の茶をわたしと同時に飲まれよ」

安兵衛は一瞬ためらったが、大きく頭を縦に振った。大石は静かに茶を喫し、安兵衛もまた飲み干した。

何の異変も起きなかった。大石が、

「甘い。これは砂糖だな」

と言うと、どちらからともなく笑い声が起きた。

この夜、大石は安兵衛と盃《さかずき》を交わした後、駕籠《かご》を呼び、安兵衛に見送られて山科への帰途についた。

いつもの駕籠かきが慣れた様子で街道を進んでいくと、途中で足が止まった。

大石は刀を抱えて目を閉じたまま駕籠の中にいる。すると、すっと刀が駕籠のたれを刺し貫いた。

「行いを改めよと言ったはずだ。今宵《こよい》はこのままは帰さぬぞ」

大石は反対側のたれをはねあげて地面に転がり出た。

素早く立ち上がると駕籠のまわりにはひとりの男だけではなかった。
七、八人の浪人らしい男たちが立って駕籠を取り巻いている。
大石はまわりを見まわしながら、

「伏見奉行、建部《たけべ》内匠頭政宇《まさのき》殿の手の者か。建部殿は吉良家の縁戚《えんせき》であり、かねてからわたしを見張っていることは気づいていたぞ」

大石はそう言うと、駕籠のたれに刀を突き刺した笠《かさ》をかぶった浪人にゆっくりと顔を向けた。

「そうであろう。戸張甚九郎殿――」

呼びかけられて男は笠をとった。坊主頭の甚九郎だった。

「初めから気づいておられたのかな」

「先日、襲われたとき、酒の匂いとともに、薬湯《やくとう》の臭いもした。笹屋にいたときの戸張殿の臭いと同じだった」

大石は笑って言った。

「なるほど、そういうことか。仲間割れをさせようと小細工をしたのだが、役には立たなかったな」

甚九郎が自らを嘲《あざけ》るように言うと、大石は頭を横に振った。

「いや、そのおかげで同志と腹蔵なく話すことができた。こちらから礼を言いたいほどだな」

「礼などいらん、貴様にはここで死んでもらうのだからな」

甚九郎が言い放つとともに、まわりの浪人たちがいっせいに刀を抜いた。

大石が静かに刀を抜いて構えると、一人が斬りかかってきた。大石は身を沈めて相手の脇腹を裂いた。

浪人がうめいて倒れた。その時、浪人たちの後ろから黒い影が駆け寄ってきた。背中を斬られて浪人が地面に転がった。

その浪人を見下ろした若者が、

「大石主税である。父上への乱暴は許さぬ」

と若々しい声で言い放った。

浪人たちがざわめき、主税に向かおうとしたとき、またまわりの浪人がひとり斬られて倒れた。

大柄な男が刀をぶら下げて、

「赤穂浪人、不破数右衛門じゃ。われらの邪魔はさせぬぞ」

とわめいた。浪人たちが動揺したとき、さらに後ろから黒い影が斬りかかってきた。

これを迎え撃って浪人たちが斬りかかろうとすると一瞬でふたりが斬り倒された。

「堀部安兵衛、参る――」

安兵衛の凜《りん》とした声が闇に響き渡った。

堀部安兵衛の名に浪人たちが狼狽《ろうばい》して浮足立ち、逃げ始めた。その時、甚九郎は駕籠のまわりをまわって大石に斬りつけてきた。

大石は数合、斬り結ぶと踏み込んで甚九郎を袈裟《けさ》懸《が》けに斬った。甚九郎はうめいて地面に転がった。

「お見事――」

声をかけて闇の中から出てきたのは、

――小野寺十内
だった。大石は刀の血を懐紙《かいし》でぬぐって鞘《さや》に納めた。

「やはり小野寺殿の手配りか」

大石が言うと十内は軽く頭を下げた。

「ですぎたことをいたしました」

「いや、おかげで助かった」

大石が言うと十内は笑った。

「何を仰《おお》せになります。わたしがかようにいたすことを大石様はとっくに見通されていたはずでございます」

「さて、それはどうであろう」

大石は夜空の月を見上げた。十内はしみじみとした口調で、

「大石様はいかなるときでも平常の心を失われない。まことに大将の器量でございまするな」

「そんなことはあるまい。わたしは酒に溺《おぼ》れ、女子《おなご》に淫《いん》するような、どこにでもいる凡愚《ぼんぐ》に過ぎぬ」

十内は頭を振った。

「『近思録』に、感慨して身を殺すは易く、従容《しょうよう》として義に就くは難し、とあります。血気に逸って命がけで戦うことは誰にもできますが、従容として義のために身を捨てることは誰でもできることではありません。大石様は従容として義に就く、おひとでございます」

十内の言葉を大石は笑って聞き流した。

浪人たちを追い散らした安兵衛と数右衛門、主税が戻ってきた。

大石は十内を含めた四人を見まわした。四人とも殺気を身にまとい月に青白く照らされている。

「どうやら、われらは、皆、主君の仇《かたき》を討ち、天下大道を正す鬼となったようだ。わ

たしたちが進むべき道はこれから開けよう」
と言うと四人は、
――おう
と答えた。大石がふたたび駕籠に乗り、逃げていた駕籠かきが戻ってきてかついだ。大石の駕籠にしたがっていく四人の影が月光に照らされて道にのびた。あたかも、
――鬼の影
のようだった。

幕府は七月に浅野大学を広島《ひろしま》浅野家預けとすることを明らかにした。これにより、赤穂浅野家の再興の望みは断たれた。

七月二十八日、大石らは京の円山《まるやま》で会議を開き、吉良義央を討つこと、十一月初めまでに江戸に参集することを決議した。

十一月五日、大石は垣見五郎兵衛《かきみごろべえ》と名のって江戸に入った。山科を出るまえ、大石は身籠《みごも》った可留に金銀を与えて二条の実家に戻した。

さらに可留の体を心配して浅野家の藩医だった寺井玄渓《てらいげんけい》に診てもらう手配りをしていた。

大石は江戸では石町《こくちょう》三丁目の小山屋弥兵衛店《こやまややへえだな》に身を寄せた。

十二月十五日未明、吉良邸に討ち入り、吉良義央の首級をあげた。大石たちは高輪《たかなわ》の泉岳寺《せんがくじ》の浅野長矩の墓前に参って義央を討ち取ったことを主君に報じた。

その後、大石は幕命によって熊本細川綱利《くまもとほそかわつなとし》の高輪台の下屋敷に預けられ、翌十六年二月四日に切腹して果てた。遺骸《いがい》は泉岳寺に葬られた。享年四十五。

辞世の句は、

あら楽し思ひは晴るる身は捨つる
浮世の月にかかる雲なし

である。大石の妻のりくは、その後、息大三郎《だいさぶろう》とともに広島浅野家に迎えられ、平穏に暮らした。

ダミアン長政

一

朝鮮《ちょうせん》の山河である。

すでに夕暮れだ。荒涼とした山野に風が吹きすさんでいた。幔幕《まんまく》がバタバタと風にあおられていまにも暮れなずむ空に飛びそうだった。

夕日に山肌は真っ赤に染まっている。

「わたしが蔚山《いさん》城で敵を見逃したというのか」

黒田長政《くろだながまさ》は岩場に置いた床几《しょうぎ》に腰かけ、目を細めて使者の口上を聞いた。

具足《ぐそく》の上に金襴《きんらん》の藤巴《ふじどもえ》の家紋が背にある黒の陣羽織《じんばおり》を着ている。かたわらの小姓《こしょう》が長政の黒漆塗桃形大水牛脇立兜《くろうるしぬりももなりおおすいぎゅうわきだてかぶと》を捧《ささ》げ持っている。

裾広《すそひろ》で長めの陣羽織は南蛮《なんばん》のマントのようで水牛脇立の兜をかぶった姿はあたかも魔王を思わせ、長政が戦場に立つと朝鮮兵を恐れさせた。

豊臣秀吉《とよとみひでよし》の朝鮮出兵は天正《てんしょう》二十年（一五九二）四月から五月にかけて十五万八千の大軍が海を渡った。それから中断は挟むものの、海を越えての戦は七年に及んで続いていた。

慶長《けいちよう》二年（一五九七）十二月、加藤清正《かとうきよまさ》が籠《こも》る蔚山城を明軍《みん》四万四千が包囲した。

加藤軍は兵糧攻めに遭《あ》い、飢餓《きが》と渇きに苦しんで壁土を食い、尿を飲んだという。

翌年正月、長政は慶尚南道《けいしようなんどう》の梁山城《りようざん》にいたが、清正の危機を知って救援のため長駆した。

長政が留守の間、梁山城は父の如水《じよすい》が守り、押し寄せた明、朝鮮軍を退けた。長政は毛利《もうり》、鍋島《なべしま》、蜂須賀《はちすか》軍とともに明軍を背後から急襲した。このため、明軍は、

――士卒死亡殆二万
という損害を被《こうむ》って退いた。

だが、この蔚山籠城《ろうじよう》戦について福原直高《ふくはらなおたか》と垣見一直《かきみかずなお》、熊谷直盛《くまがいなおもり》ら三人の目付《めつけ》は、逃走する明、朝鮮軍を長政と蜂須賀家政《いえまさ》は追撃しなかったと豊臣秀吉に報告した。

このため秀吉は、

「臆病《おくびよう》者め、何をしておる」

と激怒した。このころ在朝鮮の諸将は明、朝鮮軍の反撃に遭って朝鮮半島を南下し、南部の、

――倭城《わじよう》
に籠るようになっていた。明、朝鮮軍を退けても追撃して戦果を大きくするような

余力はなかったのだ。

「馬鹿な、蔚山城を救出しただけでも大功ではないか。なぜそのような言いがかりをつけられねばならないのだ」

かたわらの後藤又兵衛《ごとうまたべえ》が床几から具足で身を包んだ巨軀《きょく》をゆるがして立ち上がり、刀の柄《つか》に手をかけた。

「殿、よろしゅうござるか」

野太い声で訊《き》いた。使者を斬《き》り捨ててよいか、と問うたのである。使者は気配を察して震えあがった。

斬り捨てるべきかどうか、長政は少し考えこんだ。やがて長政の目から激しい憤《いきどお》りが消え、怜悧《れいり》な光がもどった。長政は六尺を超す巨漢の又兵衛に比べて背丈はそこそこあるものの、体つきは華奢《きゃしゃ》で顔つきもやさしげで繊細《せんさい》だ。目には知性の光があり、野陣に長くありながら色白で蒼白《そうはく》にさえ見えるととのった顔だった。

――又兵衛

とひと声かけた。詳《くわ》しく訊かずとも、使者を斬るなという意味だとわかり、又兵衛は渋い顔で座った。

「わたしが追撃しなかったと言っておるのは、石田治部《いしだじぶ》殿か」

長政は静かに訊いた。使者は戸惑いながらも、

「目付の方々は石田様の指図に従っておられると聞いております」

と正直に答えた。

蔚山城の戦いの後、宇喜多秀家《うきたひでいえ》や加藤清正、小早川秀秋《こばやかわひであき》らは、蔚山、順天《じゅんてん》、梁山の三つの倭城を放棄するよう秀吉に上申していた。しかし、これに小西行長《こにしゆきなが》や石田三成《みつなり》らが反対した。このため、秀吉は在朝鮮の諸将の意見を入れず、却《かえ》って怠慢《たいまん》を咎《とが》めることになったのだ。

「さようか、ではやむを得ぬな」

長政は微笑《ほほえ》むと又兵衛をちらりと見た。

又兵衛はうなずくと、

「さて、そろそろお帰り願おうか。それがしお見送りいたす」

と使者に告げた。使者は又兵衛に不穏な気配があるのを感じておびえた表情になった。それでも又兵衛にうながされると使者はやむなく立ち上がり、陣から出ていった。

しばらくして又兵衛が戻ると、

「せっかちな使者殿でござった。あわてて坂道を下りようとされたため、転げ落ちられましたぞ」

と何でもないことのように言った。おそらく使者を蹴落《けお》としたのだろうが、又兵衛

は平然として言った。

「死んだか」

長政は無造作に訊いた。

「いや、すぐに立ち上がりましたゆえ、大丈夫でござろう」

又兵衛はやや残念そうに答える。

「そうか、ならばよい」

岩場から蔚山城を見下ろしながら長政は言った。

「明日は梁山城に帰るぞ」

長政が言うと又兵衛はうかがう目つきになった。

「大殿に石田治部の讒言《ざんげん》のことを申されますか」

長政は笑った。

「耳聡《みみざと》い父上のことだ。すでに知っておられよう。だが、此度《こたび》のことは父上がどう思うかではない。わたしがどう思うかだ」

「ほう、日頃に似合わぬお言葉ですな」

頼もしげに又兵衛は笑った。

「そうだ。熊之助《くまのすけ》のことがあるゆえな」

熊之助とは、如水の次男、長政にとっては十四歳年下の弟である。

黒田家の朝鮮出兵にあたってはまだ十六歳と若かったことから、豊前《ぶぜん》、中津《なかつ》城の留守居《るすい》をまかされた。しかし、熊之助は兄とともに出陣できなかったことを嘆き、血気に逸《はや》って昨年七月、中津城を脱《ぬ》け出した。

ひそかに船を調達し、家臣の子である母里《もり》吉太夫《きちだゆう》、加藤吉松《よしまつ》、木山紹宅《きやましょうたく》らとともに朝鮮へ渡ろうとした。だが、嵐にあって船は難破し、熊之助たちはいずれも溺死《できし》したのだ。

「熊之助はわが家にとって大事な男子であった。そのことは又兵衛も知っているだろう」

「存じておりますとも」

長男の長政を得て後、次の男子がなかなかできなかったのは、当時、織田《おだ》家の部将だった秀吉の中国攻めの戦線にいて家族が待つ姫路《ひめじ》に戻る暇《いとま》もなかったからだ。

さらに、如水はこのころ、織田信長《のぶなが》に反旗を翻《ひるがえ》した摂津《せっつ》の荒木村重《あらきむらしげ》を説得しようと有岡《ありおか》城に向かって一年ほど、土牢《どろう》に幽閉された。このため、救出されたとき、如水は頭に瘡蓋《かさぶた》ができ、左足が不自由となった。しかも、信長は如水を疑い、織田家に人質となっていた長政（当時は松寿丸《しょうじゅまる》）を殺そうとした。幸い、長政を預かっていた秀吉の軍師、竹中半兵衛《たけなかはんべえ》の機転で長政は一命をとりとめることができた。

黒田家にとって、最大の苦難の時期だった。それだけに土牢から生還した如水が正室との間に男子を得たことは、大きな喜びだった。人質としていったんは死を覚悟するという過酷な経験をした長政も弟に力づけられる思いがしたのだ。

如水は織田家のために尽くしながら疑われ、わが子を殺されそうになったことを深く胸に刻み、長政に、

「わしは若いころから策士と見られてきたゆえに、ひとがわしの言葉を信じない。それでは何事もできぬ。謀《はかりごと》など知らぬ猛将と見られるのが最もよいのだ」

と教えた。

このため長政は何事も慎重に考えていても、決してすぐには口にしないことから、時に、直情的な、

――猪武者《いのししむしゃ》
とさえ見られてきた。自らを武勇一筋の猛将であると世間が見るように仕向けてきたのだ。

又兵衛が幼いころから知っている長政を、弟のように思いながらも時に厳しくあたるのも如水の意向を受けてだった。

朝鮮の戦場で長政が敵将と取っ組み合いの闘いになり、川に落ちても助けるでもなく、平然と見守ったことがある。

長政が水中で敵将を仕留めて這《は》い上がってくるのを川べりで待っていた。ずぶ濡《ぬ》れ

になって這い上がってきた長政がさすがに不機嫌になって、

「なぜ、助けなかった」

と問うと、又兵衛は笑った。

「あれしきの敵に後れをとる殿ではござるまい」

武辺者《ぶへんしゃ》らしい開けっ広げな又兵衛の言葉に長政は苦笑するしかなかった。又兵衛は常に長政を武勇の将として鍛錬しようとしたのだ。もっとも、このころ長政は禍々《まがまが》しいほどの勇猛ぶりを発揮するようになっていた。

朝鮮に出兵した文禄《ぶんろく》の役で和平交渉が行われた時期、多くの将がいったん帰国したが、長政は倭城の警護のため朝鮮にとどまった。このことに鬱憤《うっぷん》を抱いた長政は虎狩りを行った。山中に家臣たちとともに分け入り、虎を捜した。茂みから虎が躍《おど》り出て襲ってくると長政は鉄砲を構えた。しかし、虎が牙を剝《む》き、咆哮《ほうこう》しつつ駆け寄ろうとしても長政は鉄砲を放たない。あわてた又兵衛が、

「殿、早く撃ちなされ」

と言っても長政は引き金をひかなかった。虎を見据《みす》えて爛々《らんらん》と光る長政の目には日頃の怜悧《れいり》さとは打って変わった狂気めいたものがあった。

だーん
山中に銃声が轟《とどろ》き、虎がもんどりうって倒れたとき、長政は天を仰いで笑った。そ

の様を見て又兵衛は息を呑《の》んだのである。

いま、目の前にいるのは、虎を撃ったおりの、自らを危うきに置くことを好む長政だ、と又兵衛は思った。

使者が去ったのを家臣に確かめさせた長政はマントのような陣羽織を翻《ひるがえ》して馬に乗った。兵たちに松明《たいまつ》を持たせた。夜道を駆けて梁山城に帰還するつもりである。又兵衛も馬に乗りながら、長政に声をかけた。

「大殿は使者の口上を聞かれたらさぞや怒られましょうな」

「いや、怒らぬであろう。父上は常に先のことを考えておられる。だが、此度の太閤《たいこう》の仕打ちへのわたしの憤りは収まらぬぞ」

馬上で長政は皮肉な笑みを浮かべた。

「ほう、殿が初めて大殿とは違う思いを持たれましたか」

又兵衛は感心したように言った。

「ああ、父上が義を守り、土牢の苦しみに耐えて裏切らなかったとき、織田信長はわたしを殺そうとし、太閤もかばわなかった。わたしを救ってくれたのは竹中様の義を重んじる心だ。わたしはその憤りを忘れたことはない。此度のことで、その思いに火がついたのだ」

ひややかに長政は言った。

「ならば、どうなされますか」

又兵衛は目を大きく見開いた。

「豊臣家に神の罰を下してくれる」

長政が神という言葉を口にすると、又兵衛はぎょっとした。

如水がシメオンという洗礼名を持つキリシタン大名であることは世に広く知られていた。秀吉の九州征伐《せいばつ》のとき、豊臣勢の軍監を務めた如水は陣中に修道僧を伴い、日夜、祈りを捧《ささ》げつつ戦陣の指揮をとった。九州攻めは薩摩《さつま》の島津《しまづ》から猛攻を受けていた豊後《ぶんご》の大友宗麟《おおともそうりん》を救出するのが大義名分だった。

宗麟もキリシタン大名であり、如水は信仰での同朋《どうほう》を助けるために軍略の才を振ったとも言えた。この九州の陣中で当時、二十歳だった長政は自ら進んで修道僧から教えを聞き、キリシタンとなった。また、如水の弟、直之《なおゆき》も受洗した。

洗礼名は長政が、

――ダミアン
であり、直之は、

――ミゲル
だった。秀吉は九州入りして島津家を降《くだ》した後、九州一円に広がるキリシタンの勢力に脅威を感じて、突如、

――伴天連《バテレン》追放令を発した。これにより、棄教を拒んだ名高いキリシタン大名の高山右近《たかやまうこん》は改易《かいえき》となり、領地を失った。だが、したたかな如水は信仰を捨てなかったものの、表には出さず、秀吉もまた軍師として有能な如水を追い詰めることはしなかった。このため、黒田家では、ひそかにキリシタンとしての信仰を保っていた。

「殿、神などと口にされますな」

又兵衛が顔をしかめて言うと、長政は具足の隙間に手を入れて銀色に輝くものを差し上げて見せた。すでに月が出ている。

月光に輝いたのは、銀の十字架だった。

「又兵衛よ、この荒廃した朝鮮の戦場から生きて故国に戻るのは、豊臣家をつぶすためと心得よ」

長政は凜乎《りんこ》として言った。

二

慶長三年三月十五日――

豊臣秀吉は醍醐寺《だいごじ》で花見を行った。北政所《きたのまんどころ》、淀殿《よどどの》を始め側室や女房衆など千三百人が豪奢《ごうしゃ》な衣装に身を包んで集まる盛大なものだった。

十万余りの将兵が朝鮮の山野で飢餓に苦しむ最中のあまりにはなやかな花見は京の貴顕《きけん》の眉《まゆ》をひそめさせた。出征している兵の家族たちも秀吉の傲岸不遜《ごうがんふそん》を憎まずにはいられなかった。

秀吉はこのころすでに病を得ており、おぼつかない足取りで桜を見て回った後、幔幕を張り巡らせた御座所で盃《さかずき》の酒を干した。

すでに北政所は口実を設けて、引き揚げており、秀吉は淀殿の酌《しゃく》で酒を飲んだが、むせたように咳《せ》き込んだ。

顔色も悪く、とても天下人が自らの権勢と満開の桜を重ね合わせて楽しんでいる風情ではなかった。時折り、強い風が吹いて、桜吹雪《さくらふぶき》が起きた。

秀吉は散る桜を目にしつつ、

「命を永らえるとは難しきことだな」

とつぶやいた。淀殿が首をかしげて、

「何を仰《おお》せになります。太閤殿下の世はまだまだこれからではございませんか」

「いや、わしは天下を取るためにひとの恨みを散々に買《こ》うた。これからは、その恨みを晴らさんとするものが足音を消し、忍び寄ってくるであろう」

秀吉はつぶやくように言った。淀殿は青ざめた。

「さようなことになっては、秀頼君《ひでよりぎみ》の天下が保てませぬ」

秀吉は笑った。

「それは、佐吉《さきち》めが何とかするであろう」

「石田治部がでございますか」

「ああ、あの男はひとに嫌われるが忠義者だ。あの者にまかせれば、秀頼が長じるまで世を保てよう」

「秀頼君がおとなになられたらその時はいかがなりましょうか」

「それは、わしにもわからぬ。そなたが心配せねばならぬのは、わしがあの世に逝《い》ったあとのことだ。魔のごとき者たちがいっせいに襲ってくるぞ」

秀吉は翳《かげ》りを帯びた顔でまた盃を口に運んだ。

淀殿は近くで桜を眺める三成に目を遣《や》った。太閤亡き後、あの漢《おとこ》が本当に秀頼の世を保てるのだろうか。

三成は沈着な表情で桜に見入るばかりだった。

慶長三年八月十八日――

太閤秀吉は伏見《ふしみ》城で没した。

秀吉の死去にともない、日本軍は朝鮮から撤兵した。

長政は加藤清正らとともに、この年、十一月、博多《はかた》に戻った。このとき、石田三成が仮の陣屋で出迎え、諸将をねぎらうために、いずれ伏見で茶会を開きたいと申し出たところ、清正はかっと笑って、

「わしは永年の朝鮮の陣でひとをもてなすほどの蓄《たくわ》えもない。城の壁土など治部に進ぜよう」

と言って、すぐに席を立った。

三成が表情を変えずにいると、かたわらの長政も黒い陣羽織を翻して立ち上がった。三成に鋭い目を向けた長政は、

「それがしもいずれご挨拶《あいさつ》、つかまつろう」

とひややかに言った。長政が言い捨てて出ていこうとすると、三成は口を開いた。

「如水殿はすでに豊前、中津に引き揚げておられるが、いまだ、上方に出てこられぬのはどういうわけでござろうか」

長政は振り向いて素っ気なく答える。

「父は病と聞いておる」

「いつもの仮病でござろう。いずれ時を見て、上方へ出られよう。それから得意の謀《はかりごと》をなさるに相違なし。太閤様亡き後、天下を狙うのは徳川《とくがわ》殿、毛利殿、それに如水殿でござろう。如水殿の謀こそそれがしが最も恐れるところです」

「さて、それは買いかぶりではないか。父ももはや老いた。いまは余生を楽しむだけのただの老人だ」

さて、その楽しみこそが恐ろしゅうござる、とつぶやいた三成は長政に真剣な目を向けた。

「長政殿はやはり如水殿につかれるか」

三成の問いかけには真摯《しんし》な響きが籠《こも》っていた。

「父がいま何を考えておるかは知らぬ。ただ、子が父と行動をともにするのは当たり前であろう」

長政が言い放つと、三成は一瞬、目を閉じた。そしてゆっくり目を開けると、

「徳川も毛利も外から豊臣を崩そうとする。内側から豊臣を崩せるのは黒田殿だけでしょうな。黒田は豊臣家が懐《ふところ》にかかえた蝮《まむし》でござる」

長政は目を鋭くした。

「面白いことを言う。太閤《たいこう》を助け、天下をとらせたのは黒田だとわれらは思っているのだぞ。治部殿はその黒田を敵にまわすつもりか」

三成は静かに長政を見つめて首を横に振った。

「長政殿は禅に〈啐啄《そったく》同時〉という言葉があるのを御存じか」

「無学ゆえ、知らぬな」

「鳥が卵の殻を破って生まれようとするとき、卵の殻を内側から雛《ひな》がコツコツとつつくことを啐といい、親鳥が外から殻をつつくのを啄と申す。親鳥の啄が遅ければ、雛は生まれることができぬのです。殻は内と外から同時につついて割れるということです。すなわち機を得て物事の内と外で相応じるということですな」

三成は淡々と言った。

「ほう、治部殿は物知りだな。されど、それでわたしに何を言われたいのでござろう」

「ただ覚えておいていただきたいのでござる。〈啐啄同時〉の機がわかるのは黒田殿だけと存ずるゆえ」

言い終えた三成は、大きく息をついて、

「黒田が豊臣の味方であることを願っております」

と静かに頭を下げて言った。

長政はじっと三成を見据えたが、しばらくして何も言わずに背を向けて出ていった。

黒い陣羽織の背中で金襴《きんらん》の藤巴《ふじどもえ》の紋が揺れた。

中津に戻った長政は如水に三成のことを話した。

如水は苦笑して、

「あの男もなかなか工夫するな。これからに向けて、わしとそなたの間を裂いておく

「……というのであろう」

「さて、それだけでしょうか」

　と言った。

　長政は首をかしげた。

「それ以外に何があるというのだ」

「何やら、石田治部は途方もない策を考えておるようにも思えました」

　長政の言葉を聞いて、如水はしばらく考えてから、

「石田が何を考えようとわれらはわれらの道を行くまでだ。そなたはまずは加藤清正、福島正則《ふくしままさのり》と組んで治部を豊臣家から追放いたせ。さすれば、家康《いえやす》が動き出し、大老同士の争いとなる。それがわれらの付け目となる」

「天下大乱となりますな」

　長政は目を鋭くした。

「そうだ、天下が乱れてこそ、われらの道が開ける。だが、謀をめぐらすのはわしにまかせよ。そなたは、表裏なき者として思うままに振る舞え。それが豊臣の世をつぶすことになる」

「太閤の天下をつくったのは、父上だとわたしは思っております。その天下をつぶしてもようございますか」

長政はうかがうように如水を見た。

「わしがつくったがゆえ、わしがつぶすのだ。他の者に手出しはさせぬ」

不敵な如水の言葉を長政は笑みを浮かべて聞いた。だが、ふと、三成が言った、

――啐啄同時

という言葉を思い出した。

（石田治部はわたしに何を言いたかったのか）

長政は三成の顔を脳裏に浮かべて訝《いぶか》しく思った。

慶長四年閏《うるう》三月――

加賀《かが》の前田《まえだ》利家《としいえ》が没した。

豊臣家の重鎮だった利家がいなくなったことで、石田三成と不仲で反発してきた七将とされる、

加藤清正
福島正則
黒田長政
浅野《あさの》幸長《よしなが》
蜂須賀家政

細川忠興《ほそかわただおき》
藤堂高虎《とうどうたかとら》
は大坂で兵を動かした。石田三成を討って、積年の恨みを報じようというのである。三成はこれを察して大坂から脱出、伏見城内の「治部少丸」と呼ばれる曲輪《くるわ》にある自らの屋敷に入った。

七将は三成の後を追ったが、さすがに伏見城に攻めかかるわけにはいかない。双方の睨《にら》み合いとなった。

このため伏見にいた家康が仲介に入り、七将に三成を討つことを断念させた。そして三成を居城の佐和山《さわやま》城に送り届けるとともに強引に隠退させた。

三成が隠退した顚末《てんまつ》を見て、長政は、

(もはや、三成は天下を動かすことはできまい)

と思った。

これからは、徳川家康を始め五大老が、どう豊臣家を始末するかだ。

三成を追い払った家康は間もなく、伏見から大坂城へと移った。

うるさ型の三成がいなくなった大坂城で家康は、

——天下殿
としての威勢を振るい始めた。まず加賀の前田利長《としなが》に家康暗殺の企てがあるとして攻める動きを見せた。震えあがった前田はただちに弁明の使者を大坂の家康のもとに送った。さらに生母の芳春院《ほうしゅんいん》を江戸《えど》に人質に出すなどして屈服した。

勢いづいた家康は、このころ領国に戻り、武備を増強させつつあった五大老のひとり上杉景勝《うえすぎかげかつ》に狙いを定めた。

五大老のうち、前田と上杉を屈服させてしまえば、残るは毛利輝元《てるもと》と宇喜多秀家である。毛利家は戦国生き残りの古豪とはいえ、進取の気性にかける退嬰《たいえい》の家風だった。家康の勢威が手に負えぬと見れば従うだろう。

宇喜多秀家については若年で家康は歯牙《しが》にもかけていなかった。それゆえ、上杉さえ討伐すれば、天下は掌《てのひら》の内にある、と家康は考えたのだ。

慶長五年六月十六日——

家康は上杉攻めの軍を発した。大老として豊臣家の軍勢を率いて上杉を討伐するのである。

長政も黒田家の軍勢を率いて家康に従った。

この時、長政は如水から家康が東へ向かえば毛利が宇喜多とともに決起するだろう、と報《しら》せる手紙を受け取っていた。

(父上はもはや毛利を動かしたのか)

長政は如水の辣腕《らつわん》に舌を巻いた。如水は秀吉の中国攻めのころから毛利とは交渉を重ねてきただけあり、毛利家中に人脈を得ていた。

亡くなった小早川隆景《たかかげ》とは肝胆《かんたん》相照らす仲であったことを長政も知っていた。隆景亡き後、如水が通じることができるのは、おそらく毛利の外交僧を永年務めてきた安《あん》国寺《こくじ》恵《え》瓊《けい》だろう。

（恵瓊殿が父にそそのかされて動いたな）

長政はそう睨んだ。

毛利はこれまで、天下に望みを持たないことを家訓としてきたが、ようやくその禁を破る気になったのだろう。

家康が上杉討伐に向かう間に毛利が大坂城に入って、徳川勢を東西から挟み撃ちにするつもりだ、と長政は思った。さらに如水は家康につくと見せて九州の大坂方の城を席巻、軍勢をまとめて大坂に出た毛利を背後から襲うつもりではないか。

（さすがに父上の軍略は凄《すさ》まじい）

長政は笑った。

しかし、七月二十四日、家康が率いる軍勢が下野《しもつけ》の小山《おやま》にさしかかったとき、上方から思わぬ報が届いた。

佐和山城の石田三成が決起したというのである。

「馬鹿な、いまの三成に何ができるというのだ」

家康は一笑に付そうとした。

家康の耳には入っていなかったが、三成はすでに大坂城に入り、十七日には、三奉行の連署による、

——内府《だいふ》ちがひの条々
を出して家康を糾弾《きゅうだん》していた。毛利輝元は海路、兵を率いて大坂に上り、同じ日、大坂城西の丸に入った。

三成は官僚としての腕を発揮して、大坂方の態勢をととのえつつあった。

これらの事は、まだ伝わっていなかったが三成の決起は唐突なだけに不気味な印象があった。

(三成はまだ、諦《あきら》めていなかったのか)

長政は意外な思いがした。

秀吉子飼《こが》いの部将として出世してきた三成は、政《まつりごと》に才はあっても戦《いくさ》には疎《うと》い。いったん失脚すればなす術《すべ》はないだろう、と思っていたのだ。

「そうではないか、又兵衛——」

長政はかたわらにいた又兵衛に訊《き》いた。又兵衛は長政と同じことを考えていたらし

く、

「まことにさようにございます。石田治部は何をしようとしているのか奇怪でございますな」

と答えた。長政は腕を組んで考えた。

ふと顔を上げた。

長政の目がきらりと光った。

「読めたぞ、又兵衛――」

「いかがされました」

又兵衛はうかがうように長政を見た。長政は腕を組んで言った。

「治部は豊臣の天下を奪うのは徳川と毛利、そしてわが黒田だと思っている。それゆえわが身を捨てて、大坂城の秀頼殿を守ろうとしているのではあるまいか」

「なんと」

又兵衛は息を呑《の》んだ。

「わたしは父上の戒《いまし》めを破るぞ」

長政はきっぱりと言った。

「戒めを破るとは？」

目を剝《む》いて又兵衛は訊いた。

「生涯で一度だけ父上のごとき策を行うということだ。さもなくば、わが黒田も治部が仕掛けた罠《わな》に落ちよう」

長政はからりと笑った。

三

家康は小山で軍議を開き、石田三成の煽動《せんどう》によって大坂方が挙兵し、家康を討とうとしている、もし、大坂方につくのであれば、この場から立ち去るがよい、と開き直って言った。

家康は床几《しょうぎ》に座り、泰然《たいぜん》として諸将に顔を向けていたが、額には汗が浮かび膝《ひざ》に置いた手は細かく震えていた。

もし、誰かが大坂につくと言い出せば、諸将は雪崩《なだれ》を打って家康のもとから去るかもしれないのだ。そのとき、

「あいや、しばらく――」

福島正則が手をあげて発言を求めた。

この評定《ひょうじょう》の場で家康が最も動向を気にしていたのが、正則だった。もし正則が大坂につくと表明すれば、多くの武将が靡《なび》くのは間違いなかった。

家康にとって最も避けたい事態だ。しかも大坂方には正則と仲がよい宇喜多秀家も加わるはずだ。情に厚い正則がどちらに付くか逡巡《しゅんじゅん》するのは目に見えていた。不安に思う家康を落ち着かせたのが、長政だった。

長政はひそかに家康を訪れて、

「福島のことはおまかせあれ」

と明言していた。半信半疑の家康は小山での評定に先立って相模厚木《さがみあつぎ》にいた長政を、わざわざ小山まで呼び寄せ、

「福島は何方《いずかた》へ心を属し候や。秀吉にしたしき者なれば、敵方には成るまじきか」

と訊《たず》ねた。これに対し、長政は、

「左衛門大夫《さえもんだいふ》（正則）の事、御方（家康）に属し申すべしと存じ候《そうろう》。殊に石田と中あ（悪）しく候」

と断言した。

長政は正則と親しかった。それだけに、

「福島の同心、間違いございません」

と保証したのだ。はたして、小山評定で、正則は、

「徳川殿にお味方いたす」

と真っ先に言ってのけた。すかさず、長政が立ち上がり、

「それがしも福島殿と同様でござる」

と声高に言うと諸将は我さきに家康に味方すると言い出した。

家康はほっと安堵《あんど》して、長政の巧みな調略に、

(さすがに如水の子だ)

と舌を巻いた。これまで長政が猛将としての姿しか見せてこなかっただけに意外に思うとともに信頼を増したのである。

家康は八月五日、いったん江戸に戻り、福島ら諸将は、徳川の家臣、井伊直政《いいなおまさ》、本多忠勝《ほんだただかつ》がついて上方へ向けて進発した。徳川本軍は徳川秀忠《ひでただ》が率いて中山道《なかせんどう》を上った。近江《おうみ》か美濃《みの》で合流することになっていた。

この間、八月一日に家康の家臣、鳥居元忠《とりいもとただ》が籠《こも》る伏見城が陥落した。三成は美濃に向い、大垣城《おおがき》に入った。

十四日には福島正則らは正則の居城である尾張の清洲城《きよす》に入った。

だが、家康はなおも江戸に留《とど》まったままである。

「殿、徳川はなぜ出てこぬのでござろう」

又兵衛が長政に不満げに言った。

「われらを信じておらぬのだ。それに、岐阜《ぎふ》城の織田秀信《ひでのぶ》様の動きも気にしているの

だろう」

長政は淡々と答える。

織田秀信は信長の嫡孫《ちゃくそん》で織田家の当主である。美濃十三万三千石を領している。幼少のころの名は三法師《さんぼうし》である。〈本能寺《ほんのうじ》の変〉の後、秀吉が織田家の権を握るため、三法師を擁《よう》したことはよく知られている。今年、二十一歳である。

「岐阜中納言《ちゅうなごん》（秀信）様はキリシタンだと聞いております。あるいは大殿の手がのびているかもしれませんな」

又兵衛が思わせぶりに言った。秀信がキリシタンになったのは文禄《ぶんろく》三年のことである。すでに秀吉が伴天連追放令を出していたが、秀信は恐れることなく、宣教師オルガンティーノから洗礼を受けていた。洗礼名は、

――ペトロ
である。

「父上のことだ。キリシタンの手づるは残らず使うであろうな」

長政は眉《まゆ》をひそめた。だとすると、秀信は大坂方について徳川方の動きを遅らせようとするかもしれない。

用意周到な如水は大坂方が会津《あいづ》征伐に向った諸将の家族を人質に取ろうとするのを見越して手を打っている。大坂、天満《てんま》の黒田屋敷から如水の妻幸圓《こうえん》と長政の妻ねねを

商人に変装した重臣の母里太兵衛《もりたへえ》が木箱につめて担ぎ出し、大坂湾から船で脱出していた。

如水は同じように秀信にも手を打っているのではないか。

長政は又兵衛をひそかに岐阜城に赴《おもむ》かせて徳川方につくように伝えた。だが、秀信は何を思ったか応じず、西上軍と対戦した。

「やむを得ぬか」

長政は正則たちとともに岐阜城に猛攻を加え、八月二十三日には陥落させた。秀信は降伏して高野山《こうやさん》に入った。

江戸で出陣をためらっていた家康がようやく清洲城に入ったのは九月十一日のことである。一方、中山道を進んだ秀忠率いる徳川本軍は信濃《しなの》で真田昌幸《さなだまさゆき》が籠る上田《うえだ》城を攻めてまだ到着していなかった。

徳川本軍が到着していないことは家康を不安にさせた。西上軍はもともと豊臣家の軍勢で、いつ寝返って家康に襲いかかるかわからないからだ。

そんな家康を励まして大坂方との決戦の意欲を持たせたのは長政である。

この間、長政は毛利の、

——両川《りょうせん》

への調略を行った。毛利の両川とは、かつて如水と智謀を戦わした小早川隆景と吉《きっ》川元春《かわもとはる》のことだったが、当代は、
小早川秀秋《ひであき》
吉川広家《ひろいえ》
である。黒田家と小早川家のつながりは如水の代から深かった。秀秋の重臣、平岡《ひらおか》頼勝《よりかつ》は如水にとって姪婿《めいむこ》にあたった。
長政とは義理の従兄弟《いとこ》でもあった。さらに黒田家の重臣、井上九郎右衛門《いのうえくろうえもん》の弟である川村越前《かわむらえちぜん》も、秀秋につかえていた。
長政はこの縁をたどって小早川家に調略を仕掛けるとともに、かねてから如水に私淑していた吉川広家も徳川につくように説得した。
長政の巧みな調略によって、秀秋と広家はしだいに靡《なび》き始めた。
秀秋は、大坂方についたふりをして布陣するが、頃合いを見て寝返ると約束し、一方、広家は大坂方として出陣しても決して戦わず、毛利本軍も動かさないことを誓うにいたった。長政からこのことを聞かされた家康は、
「それはまことか」
と信じられない顔をした。小早川勢が寝返り、毛利勢が戦わぬとあれば、もはや勝ちを制したのも同様ではないか。尻込《しりご》みしている理由はなかった。

家康はあらためて長政の顔を見た。

（この男は父親に勝る軍師ではないか）

家康は畏怖《いふ》に似たものを感じた。

十三日、家康は清洲を発して、岐阜に着いた。さらに十四日の明方には岐阜を発した。いったん大垣城を攻めると見せながら、三成の居城、佐和山城を攻めたうえで、京に入る進路を全軍に示した。

これに応じるように三成は大垣城を出て、ひそかに関ヶ原《せきがはら》への移動を開始した。あたかも阿吽《あうん》の呼吸のように両軍は関ヶ原へと向かったのである。

四

西上軍の先鋒《せんぽう》である福島正則の軍勢が関ヶ原に着いたのは、十五日の七ツ半（午前五時ごろ）だった。

昨夜から雨が降り続き、霧となっていた。

大坂方は石田三成が最左翼となる相川山麓《あいかわさんろく》の丘陵《きゅうりょう》に矢来《やらい》を組んで陣地として、

——大一大万大吉《だいいちだいまんだいきち》

の旗を立てた。石田陣地の右は島津義弘《よしひろ》、小西行長、宇喜多秀家の陣地である。三成の盟友、大谷吉継は裏切りの噂がある小早川秀秋に備えて松尾山《まつおやま》近くに陣を構えた。毛利秀元《ひでもと》、吉川広家は南宮山《なんぐうさん》に上り、その麓《ふもと》に長束正家《なつかまさいえ》、長宗我部盛親《ちょうそかべもりちか》、安国寺恵瓊が陣を敷いている。

長政は竹中重門《しげかど》とともに三成の陣と対する岡山《おかやま》（丸山《まるやま》）山頂に布陣した。このとき、長政は自らの黒漆塗桃形大水牛脇立兜と正則が持っていた一ノ谷《いちのたに》形兜を交換してかぶっていた。一ノ谷形兜は竹中半兵衛が考案したとされる。源 義経《みなもとのよしつね》の一ノ谷活躍にあやかって戦勝を祈願する意味合いが込められているという。

長政がともに布陣した竹中重門は半兵衛の嫡男《ちゃくなん》である。半兵衛の息子とともに戦場に臨んだ長政が、一ノ谷形兜をかぶったのは、半兵衛の恩に報いようとの思いがあったからだ。

一ノ谷形兜は大きな崖《がけ》を思わせる部分が金色だった。霧が晴れるにしたがって兜が金色に輝いた。

霧が晴れ上がった頃、長政は狼煙《のろし》を上げさせた。西上軍の攻撃開始の合図である。同時に呼吸を合わせたかのように、大坂方が陣取る笹尾山《ささおやま》、北天満山《きたてんまやま》からも狼煙が立ち昇った。

「又兵衛、行くぞ」

長政が怒鳴ると、又兵衛は、

――おおっ
と応じて長槍《ながやり》をひっさげ敵勢に向って突っ込んでいった。長政の黒田勢と細川忠興、加藤嘉明《よしあき》勢が石田勢ともみ合い、福島勢と宇喜多秀家の軍勢がぶつかった。

又兵衛は石田勢の側面から突っ込み、

――横槍《よこやり》
を入れた。これに応じて石田勢から朱色の天衝《てんつき》の兜、黒い具足に浅黄《あさぎ》の陣羽織といういで立ちの武将が出てきた。三成の重臣、

――島左近《しまさこん》
だった。左近は槍を振るいつつ、

「かかれえ、かかれえ」

と戦場に響き渡る声を発した。あたかも鬼神のようなその凄《すさ》まじさに黒田勢もたじろいだが、長政は凄まじい目で左近を睨《にら》みつけ、

「あ奴を鉄砲で撃ってとれ」

と命じた。鉄砲衆が左近に狙いをつけ、轟音《ごうおん》とともに鉄砲を放った。馬上で左近の体がぐらりと揺れた。

「島左近を討ち取ったぞ」

すかさず又兵衛が叫んで突っ込んでいく。激闘はなおも続く中、家康の本陣から長

政のもとに、使者が来た。

「小早川秀秋はまだ裏切らぬが大丈夫か」

家康は秀秋が昼近くになっても動かないことに苛立《いらだ》ち、

「小倅《こせがれ》にたばかられたぞ」

と指を噛《か》んでいた。あるいは小倅とは秀秋のことではなく長政のことかもしれなかった。使者の口上を聞いた長政は馬に乗りつつ、

「こちらは戦の最中だ。そんなことまでは知らん。気になるなら催促の鉄砲でも撃ちなされ」

と言い捨てて石田勢に向った。その姿は昨日までの軍師ではなく、猛々《たけだけ》しい勇将のものだった。家康は長政の返答を使者から聞くと、

「おお、もっともなことだ」

とうなずいて松尾山の小早川勢に向って鉄砲を放った。

これに驚いたのか、小早川勢は山を下りると大坂方に襲いかかった。大谷吉継は果敢に応戦したが、やがて討ち死に、石田、宇喜多勢も敗走していった。

南宮山の吉川広家は動かないままで大坂方の敗北を見続けるばかりだった。

関ヶ原の戦いは昼下がりに終息に向かった。

戦いを終えた長政は戦場の様を眺めつつ、家康の本陣に赴いた。

満面の笑みで迎えた家康は長政の右手を押し戴《いただ》いて、

「此度の勝利は貴殿のおかげだ」

と感謝した。

長政は苦笑しつつ、

（九州で大坂方の城を攻めている父上は天下分け目の戦が一日で片がついたと知ったらあてがはずれたと驚かれような）

と思った。

如水は九日には中津城を発し、国東《くにさき》半島に乱入した。さらに大友宗麟の子、吉統《よしむね》が大坂方について旧領の豊後を回復しようとする動きがあるのを知ると、別府《べっぷ》近郊の石《いし》垣原《がきばる》で対戦、九州の関ヶ原合戦と呼ばれることになる、

——石垣原の戦い
で軽々と大友勢を打ち破った。如水はその後も大坂方の諸城を次々に落《おと》し、九州で一大勢力を築こうとするのだ。

長政が家康の陣を出たころ雨が降り始めた。合戦の血で汚れた大地を洗い流すかのような雨だった。

関ヶ原から敗走した三成は近江に逃れ、伊吹《いぶき》山中に潜んだが、田中吉政《たなかよしまさ》の兵に捕ら

えられた。その後、三成は家康の本陣へと送られた。

家康は見せしめのため捕らえた三成を大津城門外に置いた畳の上に座らせ、さらし者とした。そんな三成の前を通りかかった福島正則は、馬上から、

「汝《なんじ》は無益な戦を起こし、その有様《ありさま》は何事だ」

と罵倒《ばとう》した。だが、三成は平然として、

「わたしは武運つたなく汝を生け捕りにすることができなかった。そのことを恨みに思うだけだ」

と言い返した。正則は苦い顔をして立ち去った。

また、徳川方に寝返った小早川秀秋も三成の様子を見にきた。すると三成は秀秋を、

「太閤《たいこう》の恩を忘れ、義を捨てて寝返り、恥じるところはないのか」

と激しく罵《ののし》った。

三成の悪罵《あくば》を恐れてひとびとが近づかなくなったとき、長政が通りかかった。長政は馬から降りて三成のかたわらに近づくと、片膝《かたひざ》をついて話しかけた。

「関ヶ原での戦い、お見事でござった。〈啐啄同時〉の意味をそれがしなりに解き申したがあれでよろしゅうござったか」

「かたじけのうござった」

三成は頭を下げたうえで、声をひそめて語った。

「太閤が亡くなられ、幼い秀頼君を守る者はいなくなり申した。このままでは徳川と毛利、さらには黒田殿が天下を分け取りにして、秀頼君も亡き者にされるのは目に見えて居り申した」

「それで、自ら徳川殿を討とうと決起したうえで、早々と負ける道を選ばれたか」

長政は痛ましげに言った。

「さよう、それがしが決起し、しかも豊臣の武将に敗れれば、徳川は秀頼様に手は出せぬ。さらに毛利は徳川殿と長戦をして天下を分け取るつもりでござったが、それがしが一度の戦いで敗れれば、もはや徳川と戦うことはかなわなくなりましょう。さらに、黒田殿も――」

「さよう、わが父も上方の戦があっさり終われば兵を動かせなくなる。もし、あえて動けば徳川と毛利を敵にしなければならなくなるというわけでござるな」

「さよう、これからも徳川と毛利、黒田がにらみ合うならば、秀頼様がおとなとなられるまで、誰も手を出すことができますまい」

三成は淡々と言った。

「やはり、それが狙いでござったか」

「ただ、いかに早く、戦の決着をつけようと思っても、卵の殻は外側だけからは割れぬ。内からつついてくれる者がなければ、と思い、長政殿におすがりしたしだいでござる。長政殿に小早川秀秋、吉川広家を調略していただいたことで、卵の殻を早く割ることができ申した」

長政は笑みを浮かべた。

「だが、わたしは朝鮮の陣での讒言《ざんげん》により、石田殿を憎んでおった。そのわたしがなぜ、石田殿に力を貸すと思われたのだ」

三成はちらりと長政の胸もとに目を遣《や》った。

「お手前は、太閤の伴天連追放令にもかかわらず、いまもキリシタンであることをやめておられまい。真《まこと》のキリシタンならば、朝鮮の陣のごとき戦が続くことを好まれぬはず。太閤亡き後、徳川と毛利、黒田が覇権を争えば、ふたたび戦乱の世となり、悲惨が続くことになる。長政殿はそれを望まれぬと思ったのでござる」

長政は深々とうなずいた。

「まさにその通りですな」

長政は立ち上がると黒い陣羽織を脱ぎ、三成に着せかけた。

「石田殿、かような言葉がキリシタンにはあり申す」

長政は低い声でつぶやくように、

――一粒の麦、地に落ちて死なずば、ただ一つにてあらん、一粒の麦、もし死なば多くの実をいたさん。

と言った。ヨハネによる福音書にある言葉だ。一粒の麦が大地に落ちて死ななければ、ただ一粒のままであるだろう、しかし、もし大地に落ちて死ねば多くの実がなることだろう、という言葉だ。もともとは、イエスが十字架に向かっていくときの言葉だという。

この言葉の意味は弟子たちにもわからなかったが、イエスの十字架での死によって、多くのひとの魂が救われたことで、その意味するところが伝わったという。

「石田殿は一粒の麦でござる。ようなされた」

長政は三成の肩に手を置いて立ち上がると、そのまま背を向けて歩み去った。三成は瞑目《めいもく》して身じろぎもしなかった。

慶長五年十月一日――

石田三成は小西行長、安国寺恵瓊とともに六条河原《ろくじょうがわら》で斬首《ざんしゅ》された。

関ヶ原合戦での功によって、長政は家康から筑前《ちくぜん》五十二万石を与えられた。しかし、父親の如水は、天下を争う戦ができなかったことが不満だった。

帰国した長政が、家康が関ヶ原での勝利の後、自分の手を押し戴いたという話をすると、如水は、家康が押し戴いたのは、そなたの右手か左手かどちらの手であったか、と訊《き》いた。

長政が首をかしげて、

「右手でございました」

と答えたところ、如水はひややかな顔で言った。

「では、そのとき、そなたの左手は何をしていたのだ」

なぜ、その時、家康を殺《あや》めて天下を狙おうとしなかったのだ、というのだ。長政は自らの左手をあらためて眺めた後、微笑んで、

「左手はその時、父上をお守りしていたのです」

と答えた。如水の言う通りにしていれば、世はふたたび、戦乱となり、黒田家もどうなったかわからない、という意味だった。如水はしばらく考えた後、

「なるほど、そうか——」

と言ってかっと笑った。

長政は筑前五十二万石の領主になると、叔父《おじ》でやはりキリシタンの直之に秋月《あきづき》で一万二千石を与えた。

直之は領内にキリシタンを集めて、キリシタンの里とした。秋月にはおよそ二千人

のキリシタンが集まったという。徳川幕府のキリシタン禁制が強まる中、自らがキリシタンであることを明らかにできなかった長政の心が表れているのかもしれない。

魔王の星

一

蒲生忠三郎《がもうちゅうざぶろう》が天文に興味を抱くようになったのは、天正《てんしょう》五年（一五七七）のことである。

この年九月、夜空に赤い星が現れた。

『信長記』には、

——九月廿九日戌刻西当而希有之客星出来候也

とある。九月二十九日戌《いぬ》ノ刻（夜八時頃）西の空にきわめて珍しい星が現れたというのだ。このほかの記録によれば、坤《こん》（西南）の方角に現れた彗星《すいせい》は長さが七、八間におよび、十月までその光は百里を照らすほどの明るさだったという。

巨大な彗星だった。

この星は、西欧でも観測され、

——巨大な輝く球状の塊《かたまり》は火を噴き、煙の尾を引いている

と記録された。

そして日本では、この星が現れたころ松永久秀《まつながひさひで》がその居城である大和国信貴山《やまとのくにしぎさん》城で信長《のぶなが》に反旗を翻《ひるがえ》していた。

久秀はこの年、六十八歳。当時としては高齢であるにも拘《かか》わらず、将軍足利義輝《あしかがよしてる》を殺して以来、裏切り、謀反を繰返して戦国の世を渡ってきた叛骨《はんこつ》は衰えていなかった。

信長は使者を送って真意を確かめようとしたが、久秀はこれに応じなかった。このため岐阜城《ぎふじょう》から三万五千の兵を率いて安土城《あづちじょう》に駆けつけた織田信忠《おだのぶただ》とともに九月二十八日、織田勢は安土城から出陣した。

ちょうど夜空に赤い星が怪しく輝き始めたころだった。

この時期、信長は大坂《おおさか》の石山本願寺《いしやまほんがんじ》と対立を深め、越後《えちご》の上杉《うえすぎ》氏、中国の毛利《もうり》氏とも敵対し、包囲網を敷かれつつあった。

さらに久秀まで謀反を起こしたと聞いた京の人々は、この星を信長滅亡の凶兆ではないかと噂し、また神仏の祟《たた》りが久秀に下るのではないかと告げているとして、

――弾正星《だんじょうぼし》

と呼んだ。忠三郎は、

(星が運命の吉凶を示したりすることがまことにあるものだろうか)

と興味を持ったのだ。

十月一日、織田方の細川藤孝《ほそかわふじたか》、明智光秀《あけちみつひで》、筒井順慶《つついじゆんけい》らが松永方の河内国片岡城《かわちのくにかたおかじょう》を攻

め落とし、八日には信貴山城に攻め掛った。

忠三郎は蒲生勢を率いて包囲陣に加わっていた。

十日の夜も更けたころ、信貴山城中に織田方に内通する者が出て東の櫓《やぐら》に火をかけた。久秀は、信長がかねてから所望していた〈平蜘蛛《ひらぐも》〉と名づけられた天下に聞こえる逸品の茶釜《ちゃがま》を叩《たた》き割った後に頭のてっぺんに灸《きゅう》をすえ、中風が起きて不様な最期を遂げたと人々から嘲笑《あざわら》われぬよう配慮してから切腹して果てた。

信貴山城は夜の闇を明々と照らし、燃え落ちた。城が焼け落ちる様を織田方の陣営から見つめていた忠三郎は、目を西南の空に転じた。

その夜も赤く光る彗星が不気味に輝いていた。

凶兆を表すという星が現れてから滅んだのは、信長ではなく久秀だった。

（あの星は久秀にとって不運の星であって、上様には幸運の星なのではないだろうか）

そう思った忠三郎が安土城でそのことを言上すると、信長は豪快に笑い飛ばした。

「忠三郎ともあろう者が世迷《よま》い言《ごと》を申すものよ。松永久秀の最期の様子を聞いたであろう。さすがに久秀はさような運不運を信じなかったぞ」

いよいよ落城が迫った時、久秀の家臣の一人が天守閣から彗星を眺めて、

「あの星は凶兆にございました。今日はまさに大仏を焼き払った日に当たっておりま

すれば、きっと仏罰でございましょう」

と悄然《しょうぜん》と口にしたという。十年前、三好《みよし》三人衆との合戦で、久秀は東大寺《とうだいじ》の大仏殿を焼き払った。火を放ったのは松永勢ではないとも言われるが、久秀の悪名の原因となっていた。

これを聞いた久秀は、顔にしわを深く寄せて笑った。

「あの星が現れたのは偶然に過ぎない。星というものは、自然の理に従っているだけなのだ」

梟雄《きょうゆう》と呼ばれた久秀だが、死の直前まで頭脳の明晰《めいせき》さと現実的な判断力を失わなかったというのである。信長の話を聞いて忠三郎は、

「畏《おそ》れ入ってございます」

と頭を下げた。世間では久秀の謀反を信長の衰運の始まりではないか、と噂する者もいる。

日頃迷信を信じない忠三郎だが、突如現れた彗星がその兆《きざ》しだと取り沙汰《ざた》されることも多かっただけに、不吉を祓《はら》いたいと思い言上したのだ。ところが、信長はそんな縁起かつぎなど要らぬと言わぬばかりだ。

だが、信長は何か思いついたらしく、小姓に、あれを持って参れと指で大きな円を描いて見せた。

「地球儀でございますね」

忠三郎は素早く応じて言った。

このような時、信長は命令をすぐに聞き分けることができない家来に雷を落とすのが常だ。忠三郎は小姓が戸惑わぬよう、信長が求めているものを脇から言葉を添えたのだ。

信長は忠三郎に目を遣《や》って、にやりと笑い、うなずいた。それを見て、小姓はあわてて〈地球儀〉を取りに走った。〈地球儀〉は八十五年前、ポルトガル王に仕える天文学者マルティン・ベハイムが初めて制作した。

信長のもとには、キリスト教の修道士が献上した〈地球儀〉があった。修道士が〈地球儀〉を見せたところ、信長は地球が丸いということを即座に理解したといわれる。

やがて小姓が重々しく運んできたのは、木の台に据えられた二尺ほどの大きさの金属球だった。表面には陸地の形が浮き彫りにされ、彩色された羊皮紙が貼られている。

信長は〈地球儀〉を鋭い目でしばらく見つめていたが、

「われらの住むこの世はかような丸い形をしておるそうな。天にある星もまた同じようなものかもしれぬ」

とつぶやき、忠三郎に顔を向けた。

「久秀の言う通り、星は自然の摂理で動くものであろうが、ひとの心を惑わすのは何ゆえだと思うか」

忠三郎は手をつかえて答えた。

「ひとはおのれの力が及ばぬ天変地異を恐れるからだと存じます」

信長は不満そうにうなり声をあげた。

「それだけではあるまい。星が動くことが、かほどにひとの心をざわめかせるのには、なんぞわけがあるはずだ。そちは南蛮寺《なんばんでら》に参り、このことをパードレ（宣教師）どもから聞き出して参れ」

足利義昭《よしあき》を擁立して上洛《じょうらく》した翌年の永禄《えいろく》十二年（一五六九）、信長は京で宣教師のルイス・フロイスと会っている。

波濤《はとう》を越えてはるばる日本までやって来て、苦難をものともせず布教に努める宣教師の勇気を気に入った信長は、彼らがもたらす知識に大いに関心を示して布教活動を許してきた。

それだけに彼らから知識を吸収しようという信長の意欲は旺盛《おうせい》だった。忠三郎は、ははっと頭を下げた。

京に行く前、忠三郎は一旦日《いったんひ》野城《のじょう》に戻った。信長に命じられた任務のことを聞いた冬姫《ふゆひめ》は首をかしげた。

「しかし、父上はなぜさようなことを知りたいとお思いになられたのでしょうか」

「さて、それはわかりませんが。ひょっとしたら、暦に関わりがあるかもしれません」

忠三郎は考えながら答えた。

「暦でございますか？」

「さよう。南蛮の者たちはわが国とは違う暦を使っておるのです」

忠三郎はうなずいて、信長から聞いた知識を披露した。

わが国が月の運行を基準にする太陰暦を使っているのに対して、南蛮では太陽の動きによる太陽暦（ユリウス暦）を使っているという。

暦の作成は朝廷が独占し、陰陽寮《おんみようりよう》によって作暦が行われてきた。もとになっているのは唐《とう》の時代に作られた宣明暦《せんみようれき》である。だが、戦国のころ、各地で少しずつ違う暦が作られるようになっていた。当時、尾張《おわり》美濃《みの》から相模《さがみ》、信濃《しなの》、越後にいたるまで東国で用いられていたのは〈三島暦《みしまごよみ》〉だった。

伊豆《いず》の河合《かわい》氏によって作られ、三島大社に奉納されたためこの名前がつけられた。だが、閏月《うるうづき》などにずれがあることから、全国共通の暦にすることが天下統一のために必要だ、と信長は考えていたのである。

「それで、南蛮の暦を詳しく知るため、忠三郎様に京に行くように言われたのですね」

「パードレたちの天文の知識がどれほど正しいかを質《ただ》されるおつもりではないでしょ

うか」

興味深げに言う忠三郎自身、宣教師たちがどのような知識を持っているのかに関心があった。

夜空に浮かぶ赤い彗星《すいせい》は、やはりこの世に何か不気味なものをもたらすのではないかという気がしてならない。

（あの星を見ている間中、わたしも心が妙に騒いでいたのだ。天の星の動きはひとの心を怪しくさせるのではないか）

忠三郎が思いをめぐらせていると、

「南蛮寺に参られるのでしたら、もずと鯰江又蔵《なまずえまたぞう》をお連れください」

冬姫はふと思いついたように口にした。

「供の者なら他にいますゆえ、ご案じなさらなくとも大丈夫です」

忠三郎が微笑んで言うのに、冬姫はわずかに頬を染めて答えた。

「忠三郎様が新たに学ばれることを、わたくしも知りたいと思うのです。もずと又蔵はわたくしの目であり、耳でもありますから」

「さようなことでしたら、ふたりを連れていきましょう」

忠三郎は冬姫の意を汲《く》むようにうなずいた。

忠三郎が学ぶ知識を自分も知りたいという願いもあるが、忠三郎が京で美しい女人と出会うかもしれない、と気にかかる心の揺れに戸惑いを覚えて冬姫は恥ずかしげにうつむいた。

その様子を忠三郎は包みこむような温かい眼差《まなざ》しで見つめた。

二

吐く息が白く見えるころ京へ向かうことになった忠三郎が同道したのは、キリシタンとして知られる摂津《せっつ》高槻《たかつき》城主高山飛騨守《たかやまひだのかみ》友照《ともてる》の嫡男右近《うこん》だった。

飛騨守は永禄六年（一五六三）に洗礼を受けた。洗礼名はダリヨ。

当時十二歳だった右近も共に洗礼を受けている。洗礼名はジュスト（正義の人）だ。

この年、二十六歳で忠三郎より四歳年上である。

高山父子は、かつて松永久秀に仕えていたが、今は織田方で摂津一国を支配している荒木村重《あらきむらしげ》の寄騎《よりき》となり、領地はおよそ二万石である。

「蒲生殿をお連れすれば、パードレもどのように喜ぶことでしょう」

轡《くつわ》を並べて京へ向かいながら、右近はととのった顔に嬉《うれ》しげな表情を浮かべていた。

供の者たちは徒《かち》で従っている。右近は胸に銀の十字架をかけ、袖無《そでな》し羽織の背には〈花十字〉の紋が描かれている。

「それはいかがなものでしょう。知りたいことをうかがいに参るだけですから」

忠三郎は苦笑した。

「いえ、蒲生殿は上様のお気に入りの上、冬姫様を正室としておられるのは誰もが承知していることです。中には将来、蒲生殿が織田家を継がれるやもしれぬ、などと申す者もおります」

「思いも寄らぬことを申されます。さようなことはあるはずもござらぬ。さような噂が立てば、それがしの命は危うかろうと存ずる」

忠三郎が諭《さと》すような口調で言うと、右近は素早く察して頭を下げた。

「これは、ご無礼いたしました。それがしは忠三郎殿が上様の跡を継いでくだされば嬉しいとひそかに思っておりましたゆえ、つい軽口が出ました。お許しください」

「なぜ、さようなことを思われましたか」

「ご存じの通り、キリシタンは上様に布教を許されております。ですが、上様は決してキリシタンになろうとは思われておられません。また、柴田勝家《しばたかついえ》様や丹羽長秀《にわながひで》様ら織田家の重臣方はキリシタンを快く思っておられぬご様子が見受けられます。キリシタンである方に織田家を継いでいただけるよう願っていたのです」

「わたしがキリシタンになるとお考えですか」

忠三郎は馬の歩みを止め、驚いた顔をして右近を見つめた。これまでキリシタンに興味を持つことなど特になかった。

右近も馬を止めて忠三郎の顔を見返した。

「それがしは、あもーるを持っておられる方はキリシタンになられるものだと信じて参りました」

忠三郎は眉《まゆ》をひそめた。

「あもーる、とは何のことでござるか」

「バテレンの言葉にて、ひとをたいせつに思う心でござる。わが命よりもたいせつだ、と思う相手がいる者は必ずキリシタンになるのです」

右近は確信に満ちた口調で言った。忠三郎は馬に進むよう合図しつつ、右近の言葉に戦慄《せんりつ》を覚えて背筋が寒くなるのを感じた。

忠三郎はいま、何よりも冬姫をたいせつに思っている。主君信長の姫だからではない。自分の妻となった冬姫をかけがえのないものとして守りたいと、日々願っているのだ。

そのような心持になるのは武士としてあるまじきことだと思うが、右近の言葉を聞いた時、冬姫を守るためなら命を捨てる覚悟があると感じた。

冬姫との間には、いまだに子が生まれないため、家臣の間からは、

「側室をお置きになられるべきでございます」

という声があがっている。武家にとって跡継ぎがいるかいないかは家の浮沈に関わる重大事だった。しかし、冬姫が悲しむだろう、と思うと忠三郎は、側室を置く気になれない。キリシタンは側妾《そくしよう》を置いてはならない定めがあると聞いていた。(あもーるとは自分の心をそのまま表す言葉にも思える。キリシタンになるのも悪くないかもしれない)

忠三郎はそんなことを思いながら京へと向かった。もずと又蔵は一行の最後でのんびりとついていく。

京の南蛮寺は姥柳町《うばやなぎちよう》にあった。イエズス会のかつての南蛮寺が古びたため去年、高山父子らの寄進によって建て替えたばかりである。三階建ての一、二階は寄棟《よせむね》造りになっており、三階は入母屋《いりもや》造りで二階には手すりのある見晴らし台がめぐらしてある。右近が慣れた様子で訪《おとな》いを告げると、パードレのオルガンティーノが出てきた。七年前に来日したイタリア人宣教師で温厚な人柄のため京のひとびとから宇留合無《ウルガン》様と慕われている。オルガンティーノは右近の顔を見るなり顔をほころばせた。

「きょうは何用あっていらっしゃいましたか」

「上様のご命令により、蒲生忠三郎殿をお連れしたのです」

右近はそう告げて、忠三郎が彗星についてパードレに訊《たず》ねるよう信長に命じられたのだ、と説明した。オルガンティーノは大きくうなずき、ふたりを奥の部屋に通した。そして茶色い髪の小男の修道士を呼んだ。

「この者はポルトガルから参ったばかりですが、天文のことに詳しいのです。まだ日本の言葉はわかりませんから、わたしが通訳いたしましょう」

彗星のことをお訊ねなのだ、とオルガンティーノは、小柄な修道士に口早に言った。

修道士は困惑した表情で聞いていたが、やがて、

――ティコ・ブラーエ
と人名らしきものを口にした。

顔をしかめたオルガンティーノが何度も聞き直してようやくわかったところによると、ティコ・ブラーエとは、デンマークの貴族の家に生まれ、大学で学んだ天文学者の名なのだという。

日食や皆既月食《かいきげつしょく》を観察していたが、五年前に新星を発見して肉眼で観察した記録を残した。その後、デンマーク王の支援を受けて去年、デンマーク領内の島に天文台を建設した。この天文台には測角両脚器、方位四分儀などの器材を設置して天体観測を行っているらしい。

「ティコ・ブラーエなら、あの彗星もきっと観測しているでしょう」

だが、その観察記録を知ることができるのは何年も先のことだろう、と修道士はす

まなそうな顔で言った。

「新しい星を発見した学者がいるのですか」

と忠三郎は感心したように訊ねてから、

「その星のことをお伝えすれば上様はお喜びになるであろう。天正の年に現れたとすれば上様の星かも知れぬ」

とつぶやいた。

五年前とは、信長が将軍足利義昭を追放して、元号も天正と改めた年の前年である。天正の元号には天を正しくするという願いが籠《こ》められていると冬姫から聞いたことがある。

その同じ年に天の一角に新たな星が現れたと知れば、信長は奇縁を感じるのではないだろうか。しかも、今年、松永久秀の謀反で危機に陥った信長を救うかのように彗《すい》星《せい》が現れたのである。

忠三郎はうむ、と低くうなって、

「何年先であってもよいから彗星について何か伝えられてきたら、すぐさま教えて欲しい」

と言った。

オルガンティーノは、忠三郎の質問が終わったらしいと知ってほっとした顔になった。すると修道士は困惑した表情で何事かをオルガンティーノに訴えた。眉をひそめたオルガンティーノが黙っているのを見て忠三郎は訊《き》いた。

「どうしたのです。何か都合の悪いことでもあるのですか」

オルガンティーノは顔を曇らせて口を開いた。

「実はティコ・ブラーエが発見した星は、二年ほどで輝きを失い、見えなくなってしまったそうです」

信長の星かも知れない、と忠三郎が思った新星がすでに消えたことをオルガンティーノは申し訳なさそうに伝えた。


そのころもずと又蔵は南蛮寺の周囲を見廻《みまわ》っていた。あたりには慎み深いキリシタンの男女がいるばかりで、怪しげな者は見かけない。

静寂な気配に包まれて又蔵は何気なく言った。

「なるほど、南蛮寺というものは何とのう清々《すがすが》しい気持になるところだな。信者が増えているというのもわからぬではない」

又蔵が言い終える前に、もずはぶるっと体を震わせてうずくまった。

「どうした、もず」

又蔵はあわててもずの肩に手をかけた。もずはうずくまったまま顔を伏せていたが、やがて口を開いた。

「若殿様はここを訪れられてはなりませんでした」

「何を言い出すのだ。どこぞに敵がひそんでいるとでもいうのか」

又蔵は油断なくあたりを見回す。もずは首を横に振った。

「いいえ、ここは気持の美しい人々が集まる所です。ひとを害する者などおりません。ですが、だからこそ若殿様は来られてはならなかったのです」

もずの声はかすれて、今にも泣き出しそうだった。

「急にさようなことを言い立てられても、わけがわからんぞ」

又蔵が苛立《いらだ》つ声で言うと、もずはおずおずと顔をあげた。目に涙が滲《にじ》んでいる。

「わたしにはわかります。若殿様がここに来られたことで、いずれ冬姫様が悲しまれることが起きると」

又蔵はうめきながら、もずの顔を見据えるしかなかった。

三

忠三郎はその日のうちに安土城に戻り、信長に報告した。日野城に帰ったのはさらに十日後である。

「それで、父上はご機嫌を損じられはいたしませんでしたか」

ずっと気がかりだったらしく、忠三郎に会うなり冬姫は心配げに訊いた。

「上様はわたしが申し上げたことを喜ばれた」

忠三郎は苦笑して答えた。安土城に戻った忠三郎が南蛮寺の修道士から聞き出した話を言上すると、信長は愉快そうに笑った。

「そうか、天正の星はすでに消えたのであるか。だが、そうであるなら、また現れるということもあるはずじゃ。何より先ごろの彗星こそ、消えた星だったかもしれぬではないか」

信長の言葉に、忠三郎ははっとした。南蛮の天文学者が見失った星が彗星となって現れるということはあり得るかもしれない。

信長はしばらく考えた後、

「さようなことなら、この城に星を見るための天守閣を造り、いずれ南蛮人どもを呼び寄せて星を見張らせるようにいたそう」

とことも無げに言ってのけた。安土城は天正四年から建造中であるが、壮大なため、まだ完成はしていなかった。

信長は、それに星を見るための天守閣を新たに造ろうというのだ。忠三郎は息を呑《の》んだ。信長はさらに言葉を続けた。

「天を見張るための天守閣であれば、天を守るに非《あら》ず、天の主となるための天主閣と呼ぶべきであろうな」

上機嫌な信長の機嫌を損ねてはならぬと思った忠三郎は、さらなる言上を控えて日野城に戻ってきたのだ。

「では、安土の城下にキリシタンをお呼び寄せになるのですね」

「いずれ、そうなろう。上様はキリシタンが持つ知識をことのほか気に入っておられるご様子だ」

「それは、忠三郎様も同じなのでしょうか」

冬姫は真剣な面持ちで訊いた。忠三郎は少しの間、思いをめぐらせている風だったが、

「わたしもパードレの話をこれからも聞いてみたいと思っている」

と静かに答えた。言えば冬姫が気遣うだろうと思って、側室を持たないためにキリシタンになるのもいいかもしれないと考えたことは口にしなかった。

だが、冬姫は眉《まゆ》をひそめた。供をして戻ってきた又蔵が、南蛮寺でのもずの様子を伝えていたからである。

戻ってきてからのもずの素振りは何やら不安げに見える。

(忠三郎様がキリシタンに近づくと悪しきことが起きるのだろうか)

信長がキリシタンを呼び寄せようと考えていることに、冬姫は疑念を感じないではいられない。夜空に輝いた彗星は冬姫も見ている。赤みを帯びた星は見る者を怯《おび》える心持にさせた。

（あの星が吉兆を表しているとは感じられなかった）

冬姫の胸にも、もずが感じたような言いようのない不安が兆していた。あのような星を信長が天主閣から見ようとするのは決して良いこととは思えないのだ。

信長がキリシタンを安土城下に呼び寄せる前に、思いがけないことが起きた。松永久秀の謀反からちょうど一年後の天正六年十月、今度は荒木村重が背いたのである。

村重の寄騎である高山右近は、村重の居城である有岡《ありおか》城に駆けつけて反対した。だが、村重の叛意《はんい》を翻させることはできなかった。

村重に三歳の長男を人質に差し出している右近は、謀反に加わらざるを得ない窮地に追い込まれたのである。キリシタンとして高名な高槻城主である右近が謀反の一味に加わったことは信長を激怒させた。

「キリシタンは信義を口にしながら、まことはひとを裏切るのか」

信長は自ら出陣し、十一月十日には織田の大軍が高槻城を囲んだ。

高槻城は京と大坂のほぼ中間にある要衝である。謀反を起こした荒木村重の領国である摂津国に攻め入ろうとする信長の軍勢は、是が非でも高槻城を落とさねばならなかった。

ところが、右近は築城の名人で、城主となってから城の周囲に淀川《よどがわ》の水を引いて広大な濠《ほり》を築き、難攻不落の堅城を築いていた。

攻めあぐむ自軍を見た信長は、

「京より、パードレを呼べ」

と苦い顔をして命じた。右近をオルガンティーノに説得させようと思ったのである。

あわてて駆けつけたオルガンティーノを前に信長はつめたく言い放った。

「右近にキリシタンとしての誠心があるならばパードレの言葉を聞くであろう」

オルガンティーノの右近への説得が長引くと、信長は京の南蛮寺を兵によって包囲させ、宣教師たちを捕らえて監禁した。そして右近に、これ以上、村重に加担する場合、捕らえたキリシタンを高槻城前で磔《はりつけ》にするという旨の通告状を送りつけたのである。

高槻城前には五十本の磔柱が林立していった。

大雨の日だった。ずぶ濡《ぬ》れになりながら、オルガンティーノは日本人修道士のロレンソとともに高槻城に入っていった。

忠三郎は包囲陣の中から高槻城を眺め遣《や》って、
（右近殿はさぞ苦しい思いをしていることだろう）
と同情した。城に向かうオルガンティーノも悲壮な表情をしていた。右近の説得に失敗すれば、信長はキリシタンを弾圧するかもしれない。

イエズス会の日本での布教活動の命運がオルガンティーノの説得にかかっているのだ。しかし、そのためには村重に人質となっている子供の命を右近に諦《あきら》めてもらわなければならない。熱心な信者である右近に過酷な要求をさせられるオルガンティーノの心中を察して、忠三郎は胸が痛んだ。

パードレたちの苦衷《くちゆう》は別として、右近はじめキリシタンたちが陥った苦境は、去年、信長が彗星《すいせい》についての知識を得ようとしたことに関わったためではないかという不気味な思いが湧いてくるのを抑えきれない。

夜になっても雨は降り続き、星はまったく見えない。

だが、雨が止んで雲が切れたら、突然あの彗星がまた現れたりはしないだろうか。その時、信長に背く者がさらに出てきたら、と考えると胸が騒ぐのだ。

安土城の天主閣はこのころほぼ完成していた。

五重六層地下一階の壮大な建物で、最上階は金色、その下の階は朱色に彩色された。内部は黒漆で塗られ、華麗な障壁画に囲まれた、いまだかつて誰も見たことのない南蛮風な造りだった。

加えて異様なのは地階から地上三階にいたるまでが、巨大な吹き抜けになっていることだった。しかも地階には宝塔を置き、二階の吹き抜けに舞台が張り出して造られ、さらに三階には橋が架けられている。五階は八角形で、狩野永徳《かのうえいとく》やその弟子が描いた障壁画で飾られている。六階が最上階で、正方形をしており、『信長記』には、

――御座敷の内皆金なり　そとがわ　是れ又金なり

と記されている。本来、城主は本丸で暮らすのが普通だが、信長は好んでこの壮麗な天主閣で起居していた。忠三郎はその理由を、

（上様は星を眺めておられるのではないか）

と思っていた。

八角の形は仏教では宇宙を表すという。信長は宇宙のただ中に座して、何者かと対話しようとしているように感じられるのだ。

信長は、南蛮の王がティコ・ブラーエという天文学者のために天文台を造らせたと聞いて、自らも同じようなものを造ろうと思い立ったのではないだろうか。巨大な吹き抜けはやがて南蛮から天文の観測器械を取り寄せ、設置するための空間だとすれば納得がいく。

信長はそれほど深い考えを抱いていたからこそ、右近が謀反に加担したことが許せ

なかったのではないだろうか。

もし右近がこのような苦境から信義を失わずに脱《ぬ》け出すことができるのであれば、自分はキリシタンを信じることができる。

忠三郎は右近を信じたいという思いに駆られていた。

雨が降り続いている。京から連れてこられた宣教師や信者ら十数人が信長の本陣に連れて来られた。

忠三郎は連行されてきた人質たちをちらりと見て目を閉じた。

（この者たちを殺さねばならぬのであろうか）

このようなことになったのは、去年現れた彗星がもたらした凶運のためと思えてならない。人質を殺したりすれば信長に災厄が降りかかりそうな気がする。そう思いつつ人質を見渡すと京からキリシタンたちを引き連れてきたのは蒲生の兵だということに気づいた。

「その方たちは何ゆえかようなことをいたしたのだ」

主だった家臣に訊《き》くと、

「上様のご命令にございます」

と答えるのを聞いて忠三郎は息を呑《の》んだ。

信長は高山右近とともに南蛮寺に行った忠三郎の心底を確かめるため、蒲生家に宣教師たちを引き連れるよう命じたのだ。

兵の中に又蔵と足軽姿のもずがいた。又蔵は忠三郎に近寄り、

「冬姫様が案じておられます」

と声をひそめて告げた。蒲生家にキリシタンの人質の護送が命じられたと聞いた冬姫は、ふたりにともに行くよう言った。

「忠三郎様は父上とキリシタンの間に立たれて苦しまれていることでしょう。お助けせねばなりませぬ」

又蔵は戸惑った顔になった。

「されど、それが上様のお怒りを買うようなことになりましたら……」

「かまいませぬ。父上のお怒りはわたくしが受けます」

言い切った冬姫は、もずの傍らに寄り、耳元で何事か囁《ささや》いた。もずは驚愕《きょうがく》の表情になった。

「さようなことを、まさか――」

目を瞠《みは》ったもずに、冬姫は毅然《きぜん》としてうなずいて見せた。

夜が明けた。

ようやく雨が止み、あたりの風景が白々と見えてきた。

信長は朝餉《あさげ》を摂った後で、南蛮マントを翻しながら高槻城の前に立ち並ぶ磔柱がある辺りに佇《たたず》んだ。その前に引き据えられたキリシタンたちに目を遣り、何の感情も籠《こも》らない声で、

「磔柱にかけよ」

と命じた。宣教師たちは次々に磔柱にくくりつけられていくが、その様子が見える城内からは何の声もあがらない。代わりに宣教師たちが神に捧《ささ》げる祈りの声だけが静かに流れてくる。

忠三郎はその声を聞きつつ城に目を向け、

(右近殿、いかがされまするか)

と胸の中でつぶやいた。

開城すれば人質のわが子の死が待っている。謀反を続ければ宣教師たちが死ぬのである。どちらを取っても、右近はたいせつな者を失わなければならない。城中で右近は苦悩しているに違いないのだ。

どうすることもできず、もどかしさを感じる忠三郎の思いを断ち切るように、

「もはや約束の刻限ぞ。人質を殺せ」

信長の非情な声が響いた。思わず忠三郎は信長の前に跪《ひざまず》いた。

「上様、その儀はしばしお待ちくだされませ」

「忠三郎、そちはわしを止め立ていたすか」

信長はじろりと忠三郎を見た。

「高山右近殿に謀反の所存は無いものと存じます。ここはお見逃しくだされませ」

「ほう、わしのすることに口を挟《はさ》もうというのだな」

信長はゆっくりと忠三郎に近づき、だしぬけに蹴《け》りあげた。忠三郎は地面に転がったが、すぐに跳ね起きて、再度跪き、

「なにとぞ、キリシタンの者どもをお許しください。罪無き者たちにございます」

と叫んだ。又蔵ともずが傍に駆け寄って忠三郎をかばった。

信長はふたりに目もくれず、

「そちは、やはり南蛮寺に通ってキリシタンと心を通じたな。わしが日頃、目をかけてやったがゆえに増長しおったか」

と言って刀の柄《つか》に手をかけた。すかさず又蔵が大きな背を信長に向け、かばうように忠三郎に覆いかぶさった。

「下郎、退《ど》け」

信長が刀に手をかけたままどのように怒鳴ろうとも又蔵はぴくりとも動かない。

「冬姫様より、若殿様をお守りいたすよう言いつけられておりますれば、ご免くだされませ」

「そうか。ならば、ふたりともに手討ちにいたすまでじゃ」

信長が刀を抜こうとした瞬間、吹矢がその手に刺さった。もずが腰に差していた笛を構えて吹矢を放っていた。

「おのれ――」

睨《にら》みつけた信長の目を狙って、もずはまた吹矢を吹いた。信長は南蛮マントでこれを払った。そのうえで、もずを睨みつけ、

「貴様は冬姫に仕える者であろう。忠三郎を助けるためなら、わしを殺してもよいと命じられたか」

と鋭い声で訊いた。もずは震える声で懸命に応じた。

「さようでございます。されど、その時には冬姫様はご自害なさる覚悟をお持ちでございます。命を捨てて若殿様をお守りなされるのです。わたしどもも冬姫様のお供をいたし、あの世へ参りまする」

信長は不意にかっと口を開けて笑った。

「埒《らち》もない者たちだ。それが、そなたらの忠義か」

「わかりませぬ。ただ、わたしどもは冬姫様と若殿様をたいせつに思うております。それゆえ、命を失うても悔いることはございません」

もずが目に涙を溜《た》めて叫んだその時、忠三郎は又蔵を押しのけて前に出た。

「もずの申した心をキリシタンはあもーると呼んでおります」

「あもーるだと?」

信長は眉《まゆ》をひそめた。

「ひとをたいせつに思う心のことでございます。キリシタンはひとをたいせつにいたします。されば、高山右近殿は必ずや城を出て参られましょう」

忠三郎が言い終えると同時に、織田陣営から歓声が上がった。

高槻城の城門が静かに開き、男が出て来た。もとどりを切ってざんばら髪になった白い帷子《かたびら》を着た右近だった。

右近はひとり織田陣営に向かって歩いてくる。

四

オルガンティーノの説得に応じた右近は、信長の前に出ると跪いて地面に手をつかえ、

「もはや世を捨てる覚悟をいたしましたる上は、パードレ方々はじめ城中の者たちをお許しくださいませ」

「わしの軍門に降《くだ》ると申すのだな」

「はい。ただし、それがし、ひとりにてということでお許し願わしゅう存じまする」

「何と申す――」

信長の目が光った。

「畏《おそ》れ入りまする。父飛騨守は、有岡城に走りましてございます」

右近は淡々と口にした。飛騨守友照は、

「孫を殺すことはできぬ」

とあくまで開城に反対し、右近がひとりで織田陣営に赴くと知ると、荒木村重の居城を目指して城を脱け出したのだという。

「なるほど、考えたな」

信長は天を振り仰いでからりと笑った。

高山父子はキリシタンとわが子の人質を両方とも救うため、織田と荒木それぞれの陣営に別れて駆けこんだのである。実際、友照は有岡城に着くと刀を差さない丸腰で城門の前に座りこみ、

「右近は織田に降り申したが、それがしはあくまでお味方仕《つかまつ》る」

と訴えた。さすがに村重もこの老人を殺すわけにもいかず、城中へ入れ、人質も殺さなかったのである。

信長はそれ以上、右近を咎《とが》めなかった。城主がいなくなった城が持ちこたえられる

わけがない。間もなく城内の兵たちは逃げ出し、高槻城が手に入るのは明らかなのだ。

信長は傍らに控えた忠三郎を振り向いて、

「どうやら、あもーると申すものにも効用はあるようだな」

と言った。忠三郎は頭を下げながら、自分を守ってくれたのは冬姫のあもーるなのだ、と思った。


荒木村重はその後も一年近く有岡城で抵抗を続けたが、天正七年九月、突如、妻子と家臣を見捨てたかのように有岡城を脱出し、尼崎《あまがさき》城へと移った。

このため、有岡城はほどなく開城し、友照と右近の子は命をまっとうすることができた。だが、村重の家族に待っていたのは悲惨な運命だった。信長は村重の卑怯《ひきょう》な振舞いを憎み、世の見せしめにするため残された家族の処刑を命じたのである。

村重の側室を含む女百二十二人は、尼崎郊外の野で杭《くい》に縛りつけられて殺された。さらに小者や小女五百十四人は四軒の農家に押し込められ、まわりに藁束《わらたば》を積み上げて火をかけられて焼き殺された。

その有様は酸鼻を極め、信長が魔王であることを世に印象付けたのである。

翌天正八年三月、信長は安土城下でパードレに土地を与え、教会やセミナリヨ（神学校）の建設を許した。

高山右近は頻繁に安土を訪れ、高槻から大工を呼びよせるなどして教会建設に力を尽くした。右近の献身ぶりは、ルイス・フロイスの『日本史』でも、

——この事業で示されたジュスト右近の働きぶりは特に際立っており
と記されている。

建設されたセミナリヨは三階建てで、安土城の天主閣と同じ色の瓦《かわら》で葺《ふ》くことを許された。二十の部屋があり、三階の大広間では三十人の生徒が学ぶことができた。セミナリヨでは、日本語の読み書きやキリスト教の教義の他、ローマ字、ラテン語、楽器などが教えられた。生徒たちは特に宇宙や地理などの科学に関心を持った。

セミナリヨが完成すると、冬姫も見学に訪れた。

「聞かせたいものがある」

と信長が伝えてきたからである。

冬姫がもずを従えてセミナリヨに入った時、聞き慣れない器楽の音が耳に入ってきた。低く、艶《つや》やかな音である。もずが後ろからそっと囁《ささや》いた。

「オルガンと申す楽器でございます。京の南蛮寺で耳にいたしたことがございます」

当時のオルガンは現代のものよりやさしい音色がしたという。オルガンティーノはイエズス会本部への手紙で、

「もしオルガンがあれば日本人の信者をいくらでも増やすことができる」

と書き送ったことがある。

オルガンやヴィオラのような楽器の音色は日本人の耳に合って喜ばせたらしい。冬姫が入った一階の部屋は大きく、オルガンが置かれ、その前に修道服を着た日本人の少年たちが整列していた。

信長は少年たちに向かい合う恰好《かっこう》で南蛮の椅子に腰かけている。信長の脇にもう一つ椅子が置かれてあり、冬姫はそこに案内された。忠三郎と右近もその後ろの椅子に腰かけていた。

冬姫が静かに椅子に腰かけたが信長は黙したまま、オルガンの音色に耳を傾けている。少年たちが一歩前に出て歌い出した。

――グレゴリオ聖歌
である。汚れの無い、高く美しい和声が部屋に響き渡る。冬姫は思わずうっとりと聞き入った。やがて後ろでむせび泣く声が聞こえてきた。

右近が涙をこらえ切れずに泣いているらしい。

「まるで、ローマにいるようだ」

右近は涙に濡《ぬ》れた顔をあげ、感激の面持ちでつぶやいた。

冬姫はそっと信長の横顔をうかがい見た。信長は目を閉じて考え深い静かな表情をして歌に聞き入っている。その顔には威厳とともに気高さも浮かんでいる。魔王と呼ぶにはふさわしくない神々しささえ漂わせているように思える。

（このようにご立派に見える父上がなぜ、酷いことをなされるのだろうか）

冬姫にはそのことがどうしてもわからなかった。

この時よりも少し前、忠三郎は京の南蛮寺で修道士から、ティコ・ブラーエが天正五年の彗星《すいせい》について観測した記録があることを知らされていた。

「ブラーエの観測により、彗星が月よりも遠方にあることが明らかにされたそうでございます」

修道士はおずおずと言った。

「月よりも彼方《かなた》にあったのか」

忠三郎はあまりに遠大な話に呆然《ぼうぜん》とした。

さらに修道士は驚くべきことを語った。

「ブラーエの観測結果は、月より遠方ではいかなる変化も起きないと考える〈天動説〉を覆《くつがえ》し、地球が太陽のまわりを回っているとする〈地動説〉の重要な証拠になると言われております」

コペルニクスが一年の暦が実際の季節とずれることに注目して〈地動説〉を発表し

たのは、このころより三十七年前の一五四三年のことである。

言った後、修道士は頭を振って、

「さようなことはあるはずがございません。聖書には、神の力により大地は動かなくなったと記されております。すべての天体は地球のまわりを回っているという天動説こそが神の教えでございますから」

とさりげなく言い添えた。

さらにブラーエ自身も、〈地動説〉には否定的で、

――太陽は地球の周りを公転し、その太陽の周りを惑星が公転しているという〈修正天動説〉を提唱しているという。

だが、ブラーエの弟子ケプラーは、ブラーエが残した観察記録を研究して惑星の運動が円ではなく楕円《だえん》であるとする〈ケプラーの法則〉を解明する。ケプラーの研究は後にガリレオの〈地動説〉に影響を与えるのである。

「なるほど、難しいものだな」

忠三郎は難解な天文の話に苦笑した。しかし、このことを報告すると、信長はただちに〈地動説〉を理解した。

「パードレたちも頑迷なものだな。暦が季節と合わぬとすれば、そのもとになっている考えが間違っておるのだ。地球が太陽のまわりを回っているとは、いかにもありそ

うなことではないか」

そう言って信長はしばらく考え込んだ。

自分が見ているように太陽が動くのだと思い込むより、自分の方が動いているのだと考える合理性は、信長の好むところだった。

セミナリヨで少年たちの歌声をオルガンの伴奏で聞きながら、信長が考えていたのは、このことだった。

「そうなのだ。すべては、そのように考えるとぴたりと符牒《ふちよう》が合う」

信長は真剣な表情でつぶやくのだった。

信長の言葉が伝わると宣教師たちは眉《まゆ》をひそめた。

ローマ教会がコペルニクスの〈地動説〉を否定する布告を出すのは、この時から三十六年後の一六一六年のことだ。

この年、〈地動説〉を唱えていたガリレオが異端審問所に呼び出され裁判にかけられることになる。〈地動説〉を唱える者は教会にとって敵だった。

それだけに宣教師たちは、信長が異端者となるのではないか、と恐れずにはいられなかった。宣教師たちの恐れを裏付けるように、

――天正十年四月

夜空に巨大な彗星が現れた。

この彗星は古代から何度も観測されているハレー彗星よりも明るく輝き、ヨーロッパでも観察されている。

これに先立って二月十四日の夜遅く、東方の空が異常に明るくなり、安土城の天主閣が朝方まで恐ろしいばかりに赤く染まった。

信長もまた安土城の天主閣からこの彗星を見た。

「またもや、彗星が現れおったか」

信長は夜空をじっと眺め続けた。

安土の城下からは、安土城の壮大な輪郭を浮かび上がらせるように、彗星が長々と尾を引いて見えた。それは、美しくあると同時に城下のひとびとに得体の知れぬ不安を抱かせる光景だった。

安土城下で天主閣に次ぐ壮麗な建物とされる三階建てのセミナリヨでは宣教師たちも、同じ思いを抱いて彗星を観測していた。彼らの目には、この彗星がまさしく
——凶兆
と映った。ルイス・フロイスは『日本史』に、

——五月十四日、月曜日の夜の九時に一つの彗星が空に現れたが、はなはだ長い尾

を引き、数日にわたって運行したので、人々に深刻な恐怖心を惹起《じやつき》せしめた。その数日後の正午に、我らの修道院《カーザ》の七、八名の者は、彗星とも花火とも思えるような物体が、空から安土に落下するのを見、この新しい出来事に驚愕《きようがく》した。

と記した。

信長が中国筋で毛利氏と戦っていた羽柴秀吉《はしばひでよし》の要請を受け、中国出陣のため、わずかな供回りだけで京に向かって安土を出発したのは、五月二十九日のことである。

女人入眼

一

建保《けんぽう》六年（一二一八）二月、北条政子《ほうじょうまさこ》は十年ぶりの上洛《じょうらく》を果たした。かつては源頼朝《みなもとのよりとも》の正室としてだったが、今回は、将軍実朝《さねとも》の母として事実上、鎌倉《かまくら》を統《す》べる身での上洛だった。

政子は京に入ると、女官の藤原兼子《ふじわらのけんし》の私邸を訪れた。

兼子は後鳥羽《ごとば》上皇の〈申し次ぎ〉であり、官職の叙任に大きな力を持っていた。後鳥羽上皇の乳母《めのと》であったとされるが、実際に乳母だったのは兼子の姉、範子《はんし》である。兼子は乳母に連なる女官として宮中で頭角を現し、卿局《きょうのつぼね》、あるいは従二位であることから卿二位などと呼ばれていた。

六十四歳になったいまも、ふっくらとして葡萄染《えびぞ》めの唐衣《からぎぬ》がよく似合った。洛中にいくつもの私邸を構えていたが、この時、政子が訪れたのは京極第《きょうごくだい》の邸《やしき》だった。檜皮《ひわだ》葺《ぶき》の屋根、庭には築山《つきやま》と池もある贅《ぜい》を尽くした邸である。

実朝は元久《げんきゅう》元年（一二〇四）に公家《くげ》の娘を正室として迎えたが、政子と兼子は、こ

の時からの交渉相手だった。慈円《じえん》の『愚管抄《ぐかんしょう》』に、

――此《こ》ノイモウト（政子）セウト（義時《よしとき》）シテ関東ヲバヲコナイテ有ケリ、京ニハ卿二位ヒシト世ヲ取リタリ、女人入眼《にょにんじゅげん》ノ日本国イヨイヨマコト也《なり》ケリト云《いう》ベキニヤ

とある。「入眼」とは、叙位《じょい》や除目《じもく》の際に官位だけを記した文書に氏名を書き入れて、総仕上げをすることだ。「女人入眼ノ日本国」とは、このころ兼子と政子が東西の二大権力者であったということに他ならない。

二人は人を遠ざけて几帳《きちょう》を置き、ひそひそと話した。政子の話を聞くにつれ、兼子の笑みは増した。にこやかになりながらも胸の内を明かさない。

二人のやりとりは、したたかな政治的駆け引き抜きではありえなかった。膝《ひざ》を乗り出した政子は、声をひそめて言った。

「将軍は、二十七におなりですが、いまだに御子《みこ》がございません。そこで、天皇の御子、親王様のお一人を宮将軍として鎌倉にお迎えすることはできないでしょうか」

淡々とした物言いながら、政子が話すことは朝廷と鎌倉の大問題だった。

「それは、また思い切ったことでございますね」

兼子は驚いた顔をした。

「さようですか。しかし、これがもっともよいと思うのですが」

政子は微笑《ほほえ》んで言った。兼子は首をかしげた。

鎌倉は頼朝の死後、内紛が絶えないと聞いていた。数多くの鎌倉御家人《ごけにん》が北条氏との抗争に敗れ、屠《ほふ》られていた。

いずれも政子の意思によるものと京に聞こえている。政子とは、どのように恐ろしい女なのかと、京の人々はささやきあったのである。

「鎌倉は都の方々から見れば東夷《あずまえびす》の地でございましょうが、親王様を戴《いただ》けば京の風になじみ、穏やかなことになりましょう」

政子は落ち着いた口調で言った。兼子は、深くうなずきながらも、

「何事も、お上《かみ》の思《おぼ》し召《め》しでございますゆえ」

と確答を避けて、この話の影響を推《お》し量《はか》った。武家政権への敵愾心《てきがいしん》を隠さない後鳥羽上皇が、親王を草深い鎌倉へ送ることを認めるかどうか。兼子には難しいことのように思えた。しかし、朝廷もこれからは鎌倉を無視するわけにはいかない。平家《へいけ》一門の隆盛と朝廷への圧迫は兼子にとって昨日のことのように思える。

鎌倉を刺激すれば、武家は、また平家のように朝廷に乗り込んでくるかもしれない。それよりも、遠い鎌倉の地に武家の王国を作ることを認めたほうがいいのかもしれない。

兼子はまだ判断しかねていた。

政子は頰《ほお》に笑みを浮かべたまま、兼子の言葉を吟味《ぎんみ》しているようだった。やがて、

「これは卿局さまだけに申し上げることですが」

と前置きして、ある話をした。

兼子の表情に驚愕《きょうがく》が広がった。兼子が聞いたのは思いがけない政子の言葉だった。

しばらく考えた兼子は政子の目を見てうなずいた。

「わかりました。よろしきようにいたしましょう」

政子は、黙って白い頭巾《ずきん》で包んだ頭を下げ、辞去していった。

この日、政子は、上洛の手土産として白綾《しらあや》、帖絹《ちょうけん》、綿、紺絹を兼子に献上した。いずれも一介の尼《あま》の献上物としては豪華に過ぎる物だった。

兼子は、贈られた品々に目を通しながら、政子という女の実力を突きつけられた思いだった。

兼子は、政子を在京している間に従三位《じゅさんみ》に叙することを取りなした。朝廷が武家に対してしばしば行ってきた〈位打《くらいう》ち〉である。

武家は身に余る栄誉を与えられれば、やがて滅ぶ。かつて平家勢を蹴散《けち》らし破竹の勢いで上洛した木曾義仲《きそよしなか》や壇《だん》ノ浦《うら》で平家を滅亡させた源義経《よしつね》も〈位打ち〉にあった。官位を進められるにつれ勇猛な武家が力を失い失墜《しっつい》していったのだ。政子は、頼朝

の夫人であり、実朝の母であるといっても無官の女であった。しかし、

（政子は喜ぶだろうか）

という危惧《きぐ》が兼子にはあった。

案の定、政子は〈位打ち〉を避ける姿勢をはっきりと見せた。従三位叙位の翌日、後鳥羽上皇から拝謁《はいえつ》を許されるという内々の達しがあったが、政子は、

「辺鄙《へんぴ》な田舎《いなか》の老尼が竜顔《りゅうがん》にお目にかかるは畏《おそ》れ多いこと」

と断わった。そして、すぐに社寺参詣《さんけい》の予定を切り上げて京を発《た》った。

朝廷が打った投網《とあみ》から、するりと逃げたのである。風のような素早さだった。後鳥羽上皇は、政子の予想外な拒絶に、

「田舎女め、都に慣れずに逃げたと見える」

と不快な顔をした。政子が立ち去ったことを聞いた兼子は、

（怖い女《ひと》だ――）

と思った。

鎌倉への帰途についた政子は、輿《こし》に揺られながら、かつて上洛した時のことを思い出していた。

（あの時の京は随分と冷たかった）

政子は今様《いまよう》を口ずさんだ。

われを頼めて来ぬ男
角《つの》三つ生《お》ひたる鬼になれ
さて人に疎《うと》まれよ
霜雪霰《しもゆきあられ》　降る水田《みずた》の鳥となれ
さて足冷たかれ
池の浮草《うきくさ》となりねかし
と揺《ゆ》りかう揺り揺られ歩《あり》け

わたしを頼みに思わせておきながら通ってこぬ憎い男よ、角が三本生えた鬼になれ、人に嫌がられよ、霜や雪、霰の降る水田に立つ鳥となり、足が冷たくなれ、池の浮草になって揺られ、揺られ歩け、という悲しい今様だった。

鎌倉に冷たい京のひとびとと、心中では京に戻りたい気持を抱いていた亡き夫頼朝、それともひそかに鎌倉を滅ぼそうとする後鳥羽上皇のことなのか。

二

政子が、夫の頼朝、娘の大姫《おおひめ》とともに初めて上洛したのは、建久《けんきゅう》六年（一一九五）三月のことだ。

政子は伊豆《いず》の豪族、北条時政《ときまさ》の娘だった。保元《ほうげん》二年（一一五七）の生まれだから、〈保元の乱〉の翌年に生まれたことになる。

源平争乱で浮かび上がってきた北条氏だが、もともとは平氏である。時政は北条氏でも庶流で兵力四、五十騎程度の小豪族だった。

その北条氏が流人《るにん》の頼朝に味方し、やがて鎌倉幕府の執権職の家となって天下に権勢を振るうことになったのは、政子の恋がきっかけだった。

十四歳の時に伊豆の蛭ヶ小島《ひるがこじま》に流されてきた頼朝は、坂東《ばんどう》には珍しい色白で鼻筋のとおった美男だった。

政子は最初、そんな頼朝の噂に関心を持った。ついで、頼朝の悲劇を知った。流人の頼朝を監視する役を言いつかっていた豪族の娘とひそかに契《ちぎ》り、男児まで出来たという。

豪族が大番役で京へ行っている間のことだった。伊豆に戻ってきた豪族は、このことを知って怒り、平家からの処罰を恐れて娘を頼朝から引き離し、頼朝との間に生まれた子は殺してしまった。その話を伝え聞いた時、政子は別れさせられた娘と殺された子のために憤《いきどお》った。

（娘や孫を犠牲にするとは、なんという坂東武者にあるまじき臆病者《おくびょうもの》か）

政子は清楚《せいそ》な容姿をしていたが、勇気と果断という美質を豊かに持っていた。やがて政子のことを耳にした頼朝からの恋文が届いた。

数日後の夜、忍んできた頼朝を政子は受け入れた。さらに、これを知った父親の時政が叱責《しっせき》すると、毅然《きぜん》として言った。

「さように平家におびえてなんとなさいます。いつまでも鼠《ねずみ》のごとく木の根をかじって暮らすおつもりですか。なぜ虎になろうとなさいませぬ。源氏は虎の血筋でございます、わたしは虎の子を産みますゆえ、父上もお覚悟なさいませ」

きっぱりとした政子の宣言に時政は瞠目《どうもく》した。時政は色黒の小男で貧相な顔をしていたが、胸には十分な野心を持っていた。政子の言葉が時政の心に響いた。

（それもそうか――）

と得心して、それ以上の追及はしなかった。

政子は、その夜のうちに邸《やしき》を抜け出して、雨の中、暗い道を頼朝のもとへ走った。

治承《じしょう》元年（一一七七）、頼朝三十一歳、政子二十一歳の時だった。

この年、六月に〈鹿ヶ谷《ししがたに》の変〉が起き、全盛を極めた平家の凋落《ちょうらく》が始まるのである。

平家を打倒した頼朝は、奥州《おうしゅう》の藤原《ふじわら》氏を追討し、東国を完全に支配すると、建久元年に上洛《じようらく》して権大納言《ごんだいなごん》、右大将となった。

さらに建久三年三月、後白河《ごしらかわ》法皇が没すると、頼朝は同年七月には後白河法皇が叙すことを拒み続けた念願の征夷大将軍《せいいたいしようぐん》の地位を手に入れていた。

政子と大姫を伴った頼朝には、ある目論見《もくろみ》があった。

京に来た政子は、初めて人の目が痛いものだと知った。接する度に公家《くげ》や女房衆が衣類の端々《はしばし》に目を光らせ、口にする一言、一言に耳をそばだてるのを感じた。

（まるで、矢を射かけられているような）

と政子は驚いた。表面上は誰もが鎌倉将軍の正室に対して笑顔を絶やさず、恭敬《きようけい》に振る舞うのだが、背中を向けた瞬間に嘲《あざけ》りの視線を浴びせる。

（坂東ではなかったことだ）

と政子は訝《いぶか》しんだ。頼朝が決起してから鎌倉に覇府を築くまで、平坦《へいたん》な道のりだったわけではない。頼朝は石橋山《いしばしやま》の戦いに敗れ、いったんは山中に隠れた。その後、海路、安房《あわ》国に渡り、再起して富士川《ふじがわ》の戦いで平家を破った。

しかし、上洛は木曾義仲に先を越された。さらに平家追討では弟の義経が奇跡的な軍功をあげ、頼朝をしのぐ勢いとなって後白河法皇につけ込まれた。

そのつど頼朝は冷静沈着な政略でしのいできた。

政子にとっても決して油断することは許されぬ日々だった。頼朝が劣勢となれば、いつ誰が裏切るかわからない緊張が続く暮らしだったのである。

（それでも、これほどまでに冷たい目で人から見られたことはなかった）

と政子の心は冷えた。

娘の大姫は京に来て十日もたつと熱を出して寝込んでしまい、政子を心配させた。今回の上洛は大姫を入内《じゅだい》させる話の根回しを行うことが、最大の目的だったからである。

頼朝から、大姫を後鳥羽天皇の中宮《ちゅうぐう》としたいという話を聞かされた時、政子は目が眩《くら》むような思いがした。

かつて頼朝は政略のため、六歳になった大姫を木曾義仲の嫡男《ちゃくなん》と婚約させた。しかし、この嫡男は、頼朝が義仲と対立したために殺された。幼い大姫にとっては残酷な婚約になった。

そのことが今も大姫の心の傷となっていることを政子は知っていた。政子は以前、大姫と公家の縁談を進めたことがある。下級公家だったが、たまたま頼朝と縁があった。今後は頼朝の後押しで朝廷でも出世する見込みがあった。

坂東の武家よりも公家の方が穏やかな暮らしができるだろうと思ったのだが、大姫は承知しなかった。

（まだ、心の傷が癒《い》えていないのだ）

政子の胸は痛んだ。それだけに帝《みかど》の中宮となるという幸運が現実になるよう大姫のために願った。

政子は寝込んでいる大姫のためにも、頼朝に言われるまま宮廷工作を必死に行ったのである。その中で籠絡《ろうらく》しなければならない相手は意外なことに女だった。

頼朝はしきりに朝廷の要人と会っていたが、中でも丁重に六波羅亭《ろくはらてい》に招待したのが、この女である。後白河法皇の寵愛《ちょうあい》を受ける、

——丹後局《たんごのつぼね》

だった。丹後局は名を高階栄子《たかしなえいし》といった。栄子は人妻の身ながら院御所に宮仕えし、後白河法皇に召されて皇女を産んで、

——殊寵無双《しゅちょう》、李夫人、楊妃《ようひ》に異ならざるか

と言われた。後白河法皇から楊貴妃のように寵愛されたのだ。

(嫌な女だ)

と政子は思った。

頼朝が朝廷と交渉する時、後白河法皇の傍《かたわ》らには、常に影のように丹後局が控えていた。頼朝はそのことを心得ていて、建久元年の初の上洛のおりには、桑糸二百疋《びき》、

紺絹百疋を鶴の蒔絵《まきえ》を施した唐櫃《からびつ》に納めて丹後局への進物としていた。

政子も精一杯、丹後局に愛嬌《あいきょう》を振りまいた。全ては大姫を入内させるためだった。

しかし、にこやかな丹後局の顔の下には、冷笑が隠されていた。

ある日、六波羅亭で接待を受けていた丹後局は、政子が席を外し、まわりが自分に仕える女官だけになったおり、

「草深い坂東から出てきて、娘を入内させたいと騒ぎまわるとは、まことに見苦しや」

と嘲った。女官たちも口ぐちに、

「田舎者にてわからぬとはいえ、あのような女をお上が相手にされるはずもございませぬに」

「ほんに、おかしゅうございますなあ」

と言って嗤《わら》った。席に戻ろうとした政子はその声を柱の陰で立ち聞いた。一瞬、血の気が引いた。

（おのれ――）

坂東では嗤われることを最も恥とする。政子は坂東の女だった。許せぬ、と思ったが、堪《こら》えた。大姫のためだ、と思って笑顔を作り、席に座るとさりげなく振る舞った。

大姫入内の一件は、一向に進展せず、入内の望みは果たせなかった。政子は頼朝、大姫とともに虚《むな》しく鎌倉へと帰った。

政子には朝廷に翻弄《ほんろう》された思いだけが残った。京のひとびとの目の奥には、蔑《さげす》みの色が浮かんでいた。

自分だけならまだしも、わが子までもがそんな冷たい目にさらされたことが耐えられなかった。政子の心は鋭く傷つけられていた。

上洛して目にしたのは傲慢《ごうまん》で狭量《きようりよう》な人々ばかりであった。いかにも物知らぬげに振る舞うと、公家や女房たちはあからさまに馬鹿にする素振りを見せた。

政子が、鋭い頭脳を持っていることに誰も気づかなかった。

(愚か者ばかりではないか)

政子は大姫を入内させようとあくせくしたことが馬鹿馬鹿しくなった。そして、入内させようと騒いだ頼朝を疎ましく思った。挙兵以来、怜悧《れいり》な判断を示してきた頼朝が、このころ初めて過誤を犯しつつあったのである。

鎌倉に帰り着いたのは、七月の暑い盛りだった。

京で思うように大姫入内の話が進まなかったことが、頼朝を不機嫌にさせていた。

政子との会話も途絶えがちになっていた。大姫は頼朝の失望を痛いほど感じていた。

そのことが大姫の体調をすぐれなくさせ、政子の気持を暗くした。

(上洛などせぬ方がよかったのかもしれない)

政子は悔いるとともに、京と鎌倉はまったく違う、とあらためて思った。

(たとえれば雪と炭のようなのだ。炭火を熾《おこ》せば雪は溶け、雪が降りかかれば、炭火は消える。鎌倉が栄えることを京は喜ばぬ。ともに栄えることはできぬ)

政子は自分が何をしなければならないかを理解した。

あの丹後局のような女の蔑視《べっし》から大姫を守らねばならないのと同様に、鎌倉を守らねばならないのだ。

大姫が亡くなったのは建久八年七月十四日のことである。

最後まで枕元に付き添った政子は、大姫は京に殺された、と思った。大姫の枕頭《ちんとう》で涙を流しつつ、

(京は、わたしの敵だ)

と胸の中で繰り返しつぶやいた。

三

建久十年正月十三日、鎌倉に異変が起きた。

——頼朝死去

鎌倉を率いていた頼朝が突如、いなくなったのである。五十三歳だった。

前年の十二月二十七日、相模川《さがみがわ》に架けられた橋の落成式に出席したが、その帰途、馬が急に暴れて落馬した事故での怪我のため絶命したという。

海岸で義経主従の亡霊《ぼうれい》を見た、あるいは壇ノ浦の海に没した安徳《あんとく》天皇の怨霊《おんりょう》が頼朝を海から招いたなどとも囁《ささや》かれた。

政子の苛烈《かれつ》な戦いはこの時から始まった。

頼朝の後継は、十八歳の嫡男頼家《よりいえ》だった。頼家は正月二十日に左中将《さちゅうじょう》となり、二十六日には家督を継いだ。しかし頼家には悪評が多かった。

蹴鞠《けまり》が好きで京下りの側近と日々興じて過ごしていた。また、頼朝に流人時代から仕えてきた家臣の妾《めかけ》を奪い、家臣がこのことを恨《うら》んでいると知ると逆に討とうとした。

こんな陰口がしきりに囁かれるのは、

（父の陰謀ではないか）

と政子は思った。時政が、野心のためなら孫をも平然と陥《おとし》れることを政子は知っていた。頼朝の死も北条から離れようとする頼朝に怒った時政による暗殺ではないか、という噂すらあったのである。

頼家の不品行は時政からつけ込まれた。四月には頼家の親裁が停止《ちょうじ》された。十三人の有力御家人によって合議で政事《まつりごと》が行われることになった。

頼家はさらに蹴鞠や遊興にふけるようになった。

尼姿である。

建仁《けんにん》三年（一二〇三）、政子は弟の義時を大蔵御所《おおくら》に呼んで相談した。髪を下ろし、
頼朝は治承四年、富士川の戦いの後、鎌倉に戻って鶴岡八幡宮《つるがおかはちまんぐう》の東隣りに館を建てた。これが大蔵御所である。東側に馬場、池の傍《そば》には釣殿《つりどの》と持仏堂《じぶつどう》がある。

政子はいつも義時との密談には持仏堂を使った。頼朝が信仰していた小さな観音像《かんのん》が安置されており、頼朝の死後は法華堂《ほっけどう》とも呼ばれている。

青の直垂《ひたたれ》を着て政子の前に座った義時は、政子より六歳年下である。

小太りな体つきで、顔も丸く、下膨《しもぶく》れの顔をしている。時政の次男だが、長兄が石橋山の戦いで討死にしたため、北条の嫡男となっていた。

穏やかで冷静沈着な性格だった。瘠《や》せて陰険な時政とは真《まこと》の親子かと思うほど似ていなかった。

持仏堂の扉を閉め、二人だけになると、政子は言った。

「頼家はすべての政事が合議となったことが不満なのでしょうが、近ごろの所業は目にあまる。このままでは、父上につけ込まれます」

「しかし、もはや」

義時は物憂《ものう》げに頭《かぶり》を振った。

「間にあわぬというのですか」

政子は眉《まゆ》をひそめた。

「父上は手をゆるめますまい」

義時は悲観的に言った。政子は目を閉じた。

（鎌倉は野望の巣窟《そうくつ》になりはてている）

鎌倉を守るためには、野望による争いを無くさねばならない。何か手立てがあるはずだ、と政子は思った。


時政の打つ手は正確で、間もなく頼家の後ろ盾《だて》となっていた豪族が滅ぼされた。追いつめられた頼家は、有力豪族を呼び寄せ、時政の追討を命じたが、すぐに露見して失敗した。

政子は頼家に剃髪《ていはつ》、出家することを命じ、次男の実朝を将軍に立てた。頼家は伊豆国修善寺《しゅぜんじ》へと送られた。

征夷大将軍だった身から一転して幽閉《ゆうへい》されたのである。頼家が死んだのは、翌元久元年七月十八日のことだった。

時政が放った刺客《しかく》によって討たれた。二十三歳という短い生涯だった。刺客は抵抗する頼家を討ちあぐね、首に紐《ひも》をまき、陰嚢《いんのう》を取って殺したという。

この報を鎌倉で知った政子は、持仏堂に籠《こも》り念仏を誦《じゅ》すばかりだった。

父時政により、わが子を殺されたことに衝撃を受けていた。念仏を唱えながら、京で会った華やかな装束《しょうぞく》の女房たちを思い浮かべた。

(都の女人たちは、このような修羅《しゅら》を知らずに生きている)

鎌倉を守ろうとすることに、どれだけの意味があるのか。政子は苦悩しつつも、自らを鞭打《むちう》った。

(迷うまい。たとえ修羅の道であったにしても、すでに歩き始めたうえは、命絶えるまで歩まねばならぬ)

徐々に政子が思い描く鎌倉の夢の姿が見え始めていた。その夢がどのようなものなのかは誰も知らなかった。

北条時政が失脚したのは、元久二年閏《うるう》七月のことである。

時政が頼家に続いて実朝を殺すのではないかという噂が流れていた。

この時期、実朝は時政の館にいたから、殺そうと思えば、その日にでもできたのである。政子はこの噂を聞くと、時政の真意を確かめるような手間はかけなかった。

閏七月十九日、よく晴れた日だった。

政子は弟の義時と打ち合わせ、突如、時政の館から実朝を引き取った。兵は政子の指示に従って館を囲んだ。時政は事の意外さに驚くとともに政子の辣腕《らつわん》を知った。

その夜の内に出家させられた時政は、翌二十日には伊豆へ下向し、以後、死ぬまでの十年間、蟄居《ちっきょ》した。

鎌倉は政子と義時が率いることになったのである。

（しかし、まだ道は遠い――）

持仏堂に籠った政子は胸中で遠くを見据えていた。政子の目指す鎌倉の姿はまだ現れていなかった。


三代将軍源実朝が急死したのは、建保七年正月二十七日のことだ。

この日、鎌倉には京から使者が来ていた。実朝の右大臣拝賀の式典を行うためである。実朝は鶴岡八幡宮で行われる式典に一千人の供奉《ぐぶ》を従えて参宮した。

夕方から降り出した雪が二尺の高さに積もっていた。

儀式が終わり、実朝が退出するころ夜は更けていた。実朝が石段を降りていった時、法師姿で頭巾《ずきん》をかぶった男が走り寄った。

実朝の兄、頼家の子で仏門に入った公暁《くぎょう》だった。

公暁が斬りかかり、実朝は一言も発しないまま倒れた。父頼家を北条氏によって殺された公暁は、実朝を親の仇《かたき》として狙ったのだ。公暁は間もなく、三浦義村《みうらよしむら》の邸《やしき》に逃げ込もうとして討ち取られた。

実朝が討たれたという報《しら》せを受けて、とっさに政子は、
（京と鎌倉の間に戦《いくさ》が起きる）
と直感した。実朝は十七歳の時、疱瘡《ほうそう》を病んだ。病の跡が顔に残り心が弱った。そのため和歌にすがった。

実朝は武門の棟梁《とうりょう》でありながら、公家《くげ》よりも歌の才を持っていて、『金槐《きんかい》和歌集』を作った。藤原定家《ていか》に代表される『新古今和歌集』の歌風とは違う万葉調の詠みぶりだった。また『新勅撰《ちょくせん》和歌集』にある実朝の和歌は、

山はさけ海はあせなむ世なりとも　君にふた心わがあらめやも

と朝廷への恭順を誓って可憐《かれん》だった。後鳥羽上皇に忠誠を誓っており、実朝は京と鎌倉を信頼で結ぶ細い糸だった。

その糸が切れたのである。

政子の予感通り、鎌倉と京の間は軋《きし》み始めた。

三月になって、朝廷から送られた弔問《ちょうもん》の使者が、摂津《せっつ》国の荘園《しょうえん》の地頭《じとう》を免職せよと要求した。

これらの荘園は後鳥羽上皇が愛妾《あいしょう》の元白拍子《しらびょうし》に与えたものだった。

政子は一年前、兼子と打ち合わせた通り、将軍として親王を迎えることを朝廷と交渉していた。朝廷からの使者は、その交換条件を示したとも言えたが、

「朝廷の求めで地頭をやめさせれば、鎌倉は崩《くず》れる」

と、にべもなく拒絶した。

地頭の免職を拒否することで、やがては戦になるのだろうと思ったが、その時は戦うまでのこと、という決意があった。

何より後鳥羽上皇が愛妾の荘園の件を持ち出したことが不快だった。

(上皇様は、鎌倉を軽んじておられる。わたしが鎌倉で何をしているのかご存じではないのだ)

将軍として鎌倉に送られることになったのは親王ではなく、公家の藤原氏の子、三《み》寅《とら》だった。

三寅は頼朝の妹の血を引いており、頼朝の血族ではあったが、わずか二歳である。

(鎌倉には幼子《おさなご》の将軍が似つかわしい)

という後鳥羽上皇の冷笑が目に浮かぶようだった。しかし、政子は、京から供の者に抱かれてきた三寅を迎えて平然としていた。

三寅が鎌倉に到着したのは七月のことだった。ただちに政所《まんどころ》始めが行われたが、三寅が幼いため、政子が御簾《みす》の中から裁決した。

政子にとっては、将軍は幼児でもかまわなかったのだ。

政子が簾中《れんちゅう》で政事を聴き、弟の義時が実務を行う〈尼将軍〉の体制は、実はこの時に整ったのである。

このころ政子は、持仏堂に一人の女人を呼び出した。女人の名を、

――鞠子《まりこ》

という。

頼家の遺児の一人である。母は木曾義仲の娘だと言われる。頼家が暗殺された後、ひっそりと暮らしていた。

『吾妻鏡《あずまかがみ》』には、建保四年三月五日、

――故金吾《きんご》将軍（頼家）姫君

が輿《こし》に乗って実朝の御所に赴《おもむ》いた、と記録されている。

この時、政子の命により、鞠子は実朝の正室の猶子《ゆうし》となったのである。

鞠子は、色白のととのった顔ですずやかな目をしていた。鎌倉の権力者である政子を恐れる様子もなかった。

政子は、鞠子を静かに見つめて言った。

「そなたは父頼家殿を滅ぼした北条を憎んでいますか」

政子を見返す鞠子の面に、ゆっくりと微笑が浮かんだ。

「わたくしの中にも北条の血は流れております。北条を憎むには、自らを憎まねばなりません」

「ならば、ご自身を北条の女人だと思われますか」

鞠子は頭を振って、毅然《きぜん》と言った。

「わたくしは源家《げんけ》の女だと思っております」

言葉には覇気があった。鞠子の祖父頼朝、大叔父《おおおじ》義経を思わせるものだった。

政子は満足げにうなずいた。

（わたしはようやく鎌倉を託せるひとを見つけた）

政子は、微笑んで言った。

「そなたは、将軍家が元服《げんぷく》されたおり、正室になってもらいます」

鞠子は驚いた。

「わたくしは随分と年上でございます」

「将軍が幼くして政事を聴けない間はそなたが代わって聴きなさい」

「わたくしが政事を？」

鞠子は眉《まゆ》をあげて訝《いぶか》しげに政子を見た。女の身で政事を行うなど考えたことはなかった。

「これからの鎌倉は将軍を京から迎えます。その代わり、源家の女が正室として血筋を伝えていくのです。将軍の座をめぐっての血生臭《ちなまぐさ》い争いを絶ち、鎌倉を守るためには、女が鎌倉を伝えていかねばなりません」

政権を女系によって伝えるというのが、政子が考えてきたことだった。

このことを知るのは、京で親王を将軍に迎えたいと申し入れた相手、兼子だけである。

将軍の座をめぐって野心を持つ男たちは争いを繰り返す、ならば将軍は一代ごとに京から呼べばよいと政子は考えた。

鎌倉としての正統性は、将軍の妻となる源家の女によって伝えるのだ。

さらに新将軍が年少の間は、女が政事を聴くという考えに兼子も同意していた。兼子は政子の話を聞いて、

「さすれば、戦のない世になるやも知れませぬな」

とうなずいた。兼子も源平の争乱には飽き飽きしていた。政子の言うことが納得できたのである。

鞠子はしばらく考えた後、手をつかえて言った。

「源家の女としての務めを果たします」

頼もしげな答えは政子を満足させた。鞠子は、後に〈竹御所《たけのごしょ》〉と呼ばれ、政子の後

継者になる。

四

承久《じょうきゅう》三年(一二二一)二月――

後鳥羽上皇は、鎌倉追討の成就《じょうじゅ》を祈願する熊野《くまの》御幸《ぎょこう》を行った。

後鳥羽上皇が起こした〈承久の乱〉については昔から悪評が多い。南北朝の時代、南朝の理論的指導者であった北畠親房《きたばたけちかふさ》ですら『神皇正統記《じんのうしょうとうき》』で、

――義時久シク彼ガ権ヲトリテ、人望ニソムカザリシカバ、下ニハイマダキズ有リト言フベカラズ。一往ノイハレバカリニテ追討セラレンハ、上ノ御トガトヤ申スベキ

として、鎌倉の執権北条義時に人望があったのに、後鳥羽上皇が追討しようとしたのは「上の御咎《おとが》」であると非難している。また水戸《みと》光圀《みつくに》が編纂《へんさん》した『大日本史』でも、

――後鳥羽上皇、本を端《ただ》し源を澄ますを念《おも》はず、軽佻《けいちょう》に兵を用いるの到す所

と指弾している。世の中の矛盾の根本を正すことを考えずに、兵をあげたのは「軽佻」だというのである。

しかし、後鳥羽上皇の決起は十分な成算があってのことだった。

鎌倉ではすでに源家の血筋が絶えていた。頼朝が没した後、二代将軍となった頼家は北条氏と対立して幽閉され、暗殺された。三代将軍実朝もまた甥《おい》の公暁によって殺された。

その後、将軍として鎌倉に迎えられた藤原三寅は四歳に過ぎず、

――襁褓《むつき》将軍

などと言われた。発足間もない鎌倉の武家政権は大きな危機を迎えていた。

しかも後鳥羽上皇ほど才能豊かな天子は少なかった。

風雅の道では、藤原定家らを督励《とくれい》して『新古今和歌集』編纂の陣頭指揮をとり、熱心のあまり編纂する二千の和歌をことごとく暗記した。

武に関しても、北面《ほくめん》の武士に加えて、新たに西面《さいめん》の武士を置いた。自ら西面の武士とともに弓矢や刀の武技を練った。

西面の武士を指揮してしばしば盗賊を捕縛することまであったのである。この際、後鳥羽上皇は舟の上から、重い櫂《かい》を振って指図した。その凄《すさ》まじさに盗賊が観念して縛《ばく》についたという。

後鳥羽上皇が源氏の血脈を絶やし、鎌倉で専権を振るう北条氏に対して、追討の院《いん》宣《ぜん》を発することは無謀なことではなかった。

萌黄威《もえぎおどし》の腹巻を金峰山《きんぷせん》に奉納《ほうのう》して勝利を祈願すると、五月十四日には伏見《ふしみ》で流鏑馬《やぶさめ》揃《ぞろ》いを行うとして各地の武士を召集した。

京周辺の十四ヵ国、千七百騎が馳《は》せ参じた。これに鎌倉方の有力豪族三浦義村の弟、三浦胤義《たねよし》までもが加わったことが鎌倉の分裂をうかがわせた。

後鳥羽上皇は京都守護のうち挙兵に応じなかった伊賀《いが》光季《みつすえ》を討つことを命じた。

三浦胤義は八百騎で光季の宿舎を襲った。光季は手勢三十人で二刻あまり、持ちこたえて戦ったが、遂《つい》に力尽きると宿舎に火を放って自決した。

同じころ朝廷内での親鎌倉派の公家《くげ》も召し籠《こ》められた。

〈承久の乱〉の火ぶたは切られたのである。

後鳥羽上皇は、五畿七道諸国に北条義時追討の院宣を発した。さらに鎌倉方の豪族にも使者を出すことにした。

中でも最大の標的は鎌倉で北条氏に次ぐ勢力を持つ三浦義村だった。

三浦半島に勢力を築いてきた三浦党は、源家と北条が流人の頼朝と政子の婚姻によって結びついたのとは違って、頼朝の父、義朝《よしとも》のころからの郎党だった。

頼朝が伊豆で決起した時も頼りにしたのは三浦一族だった。

嵐のために三浦の援軍が間にあわずに石橋山の戦いで敗れたものの、三浦党が強い影響力を持つ対岸の房総《ぼうそう》半島に渡って再起するのである。

頼家、実朝という政子が産んだ子が将軍になっていなければ鎌倉の執権職は三浦であってもおかしくはなかった。義村には、弟の胤義が手紙を出すことにした。このことを決めた軍議の席上、後鳥羽上皇が胤義に、

「北条義時と運命をともにする者はいかほどおるか」

と聞いたところ、胤義は、かしこまって、

「朝敵となっては味方する者もおりませぬから、馳せ参じる者は千に満たぬと存ずる」

と答えた。これに対して、

「いや、それは少ない。万は超すだろう」

と武将の間から異論も出たが、義時に同心する者は、その程度だろうというのが京方の見方だった。

後鳥羽上皇が院宣によって示したのは、あくまで執権北条義時の追討であった。京方から見れば、北条一族は源氏の血筋を殺戮《さつりく》した鎌倉の簒奪者《さんだつしゃ》にすぎない。

京から鎌倉に下り、北条氏に擁《よう》された幼児の三寅には、北条を討伐する力が無いから院宣によって討つという大義名分があった。

鎌倉方の有力豪族が北条を討てば、北条の地位に取って代わることもできるのだ。すでに三浦胤義が京方についている。

鎌倉の豪族がきびすを接して院宣に従うのは間もなくのはずだった。

鎌倉に〈承久の乱〉の勃発《ぼっぱつ》を告げた使者は三人いた。

一人は三浦胤義が兄の義村に出した使者である。他の二人は、自決した京都守護伊賀光季が最後に出した急使と、召し籠められている親鎌倉派の公家が放った密使だった。

最も早く京を発ったのは光季の下人だった。

京を出発したのは十五日戌《いぬ》の刻《こく》(午後八時)である。三浦胤義の使者もほぼ同じ時刻に出発している。

親鎌倉派公家の使者が、どの時刻に出発したのかはわからないが、書状では光季の死を伝えていることから見ても、戌の刻よりも遅かったのだろう。

後鳥羽上皇の意向を鎌倉の武将たちに伝える使者は、院下部《いんのしもべ》、押松《おしまつ》に命じられた。

京から鎌倉までは徒歩で十六日はかかる距離である。道中の各駅には早馬用の替え馬が用意されているが、これを利用しても七日、急いで五日はかかる。

今回の使者は、それよりも急を要した。だとすると夜中に出発して、満足に睡眠や食事もとらずに馬で駆け通さねばならなかった。

しかし、押松が京を発ったのは翌十六日の寅《とら》の刻（午前四時）だった。光季の使者より八時間遅れている。後鳥羽上皇の院宣を草するのに手間取ったのである。ここに京方の油断があった。

早朝の薄闇の中で押松は馬に乗った。すでに鎌倉方からの飛脚《ひきやく》が出ていることは想像がついた。遅れると鎌倉に入ることすらできない大失態になるかもしれなかった。夜が明け始めて、道が見えることだけを頼りに押松は馬を走らせた。

他の使者たちも、駅ごとに馬を乗り換え、眠れず体は骨が砕けるかと思うほどに痛み、水しか喉《のど》を通らず吐《は》けるだけの物を吐きながら、ただ、ひたすら疾駆《しつく》した。

京からの使者が相次いで鎌倉に着いたのは、十九日である。三日半で京から鎌倉までを駆けたことになる。『吾妻鏡』によれば、最初に到着したのは、光季の使者だった。


——午《うま》の刻（正午）、大夫《たいふ》の尉《じょう》光季去る十五日の飛脚関東に下着す。

続いて親鎌倉派公家の使者が鎌倉に入った。

——未《ひつじ》の刻（午後二時）、右大将家司《けいし》主税頭《ちからのかみ》長衡《ながひら》去る十五日の京都の飛脚下着す。

そして、公家の使者は、京方からも使者が送られたことを告げ、

「関東分宣旨《せんじ》の御使いは、今日同じく到着するはずでございます」

と、押松の動向を伝えた。

押松は十九日の申《さる》の刻（午後四時）に鎌倉に着いた。

出遅れた押松は、必死に馬を走らせて、光季の使者との差を四時間縮めていたのだ。それでも鎌倉の豪族に院宣を伝えることができなかった。

鎌倉方では、すでに手配して押松を捜しており、葛西谷《かさいがやつ》で捕らえて宣旨を取り上げた。押松が持っていた院宣は鎌倉の有力豪族あてに七通あったという。

このころ三浦胤義からの書状を受け取った義村は、後鳥羽上皇の使者がすでに捕らえられただけに形勢不利と見た。使者を追い返し、北条義時のもとに、書状を差し出した。

これによって京の動きを知った政子は、すぐに御家人たちを集めることを命じた。京への反撃は一刻の猶予も許されなかった。

政子は息を吞《の》む思いだった。

（光季の使者が先に鎌倉に着いてよかった。三浦義村が一足早く知っておれば、何を

していたかわからぬ）

京方の手が三浦義村ら鎌倉の有力豪族に伸びていれば、北条氏は孤立した可能性があったのだ。一瞬の差が鎌倉の運命を決めることになった。

政子は持仏堂に入ると経を誦《じゅ》して心を澄ませた。

（こうなることは実朝が死んだ時からわかっていた）

御家人たちをどう説得し、心を把握《はあく》するかに全てはかかっていた。

後鳥羽上皇の院宣が出たことを、源氏が平家を倒したように、北条に取って代わる好機だと思われてしまえば、その瞬間に鎌倉は瓦解《がかい》するのである。

（まことのことを言うまで）

政子は、覚悟を決めていた。自分がこれまで鎌倉の行く末について考えてきたことに間違いはないはずだ、と思った。

やがて御家人たちが東御所に詰め掛けると、政子は御簾《みす》の前に老臣を控えさせ、述べたことを大声で伝えさせた。

「皆、心を一つにして聞いてください、これはわたしの最後の言葉でありましょう」

政子が話し始めると御家人たちは固唾《かたず》を呑んだ。

たじろいではならない、と政子は思った。

「頼朝様が朝敵を滅ぼしてから後、あなた方の官位は上がり、俸禄《ほうろく》もずいぶん増えたではありませんか。平家に仕えていた時にはあなた方は裸足《はだし》で京まで行ったではありませんか。それが、今では京へ行き無理に働かされることもなく、幸せな生活を送れるようになりました。それもこれもすべては頼朝様のお陰です。その恩は山よりも高く海よりも深いのです」

声は上ずることもなく、よく通った。

政子が頼朝創業のころを話すと、年をとった御家人の中には平家追討、奥州《おうしゅう》攻めに馳《は》せまわった昔をしのんで涙ぐむ者もいた。

政子は立ち上がり、御簾の前に出ると、御家人たちを見据えて叱咤《しった》した。

「しかし、今その恩を忘れて帝や上皇様を欺《あざむ》き奉《たてまつ》り、わたしたちを滅ぼそうとしている者があらわれました。名を惜しむ者は、三浦胤義らを討ち取り、三代将軍の恩に報いるのです」

政子は義時への追討という個別な危機を御家人全ての危機であると訴えた。しかも敵を朝廷ではなく、同じ武家のみを名指ししたのである。

政子の声が響き渡った時、御家人たちの中からは、何人もの、

――おう、おう

という野太い声が響き渡った。

政子は決然として言った。

「もし、この中に朝廷側につこうと言う者がいるのなら、まずこのわたしを殺し、鎌倉中を焼きつくしてから京へ行くがよい」

五

二十二日から二十五日にかけて、鎌倉から軍勢が出発した。

——総勢十九万騎
かつての保元、平治《へいじ》の乱、源平の争乱でも、これほどの大軍が出陣したことはなかった。古代からの朝廷支配に対する東国の大反乱でもあった。

あまりの軍勢に、進路は東海道《とうかいどう》、東山道《とうさんどう》、北陸道《ほくりくどう》の三手に分けられた。東国勢、西進の報が京に伝わったのは二十六日のことだった。

京方では美濃《みの》にまで軍勢を出していたが、この軍勢にも東国勢が予想を超える大軍であることが伝わってきた。

六月一日には鎌倉に派遣していた押松が京に戻り、報告した。

政子は押松を留《とど》めておいて東国勢の軍容を見せつけ、院宣に対する義時の返書を持たせて放ったのである。

青ざめた押松が、東国勢は十九万騎だと言うと、院の人々は、

――上下万人、是《これ》を聞き、皆伏し目になったという。恐れをなしたのである。

六月五日、東国勢の東海道軍は、尾張《おわり》に達し、木曾川《きそがわ》、長良川《ながらがわ》などで京勢と戦闘に入り、たちまち撃破した。京勢は総崩れとなり、一方、東国勢は東山道、東海道を進んだ軍が合流して京に迫った。

東国勢が宇治川《うじがわ》を渡ると、京勢は潰走《かいそう》するしかなかった。敗報に接した後鳥羽上皇は、御所の門を閉ざし、駆け戻った将たちに、

「早々にいずこかへ立ち去れ」

と命じた。三浦胤義はこの仕打ちに、

「かような君の仰《おお》せで謀反《むほん》したことこそ不覚であった」

と恨んで自害した。京勢は無残に壊滅《かいめつ》した。東国勢が、京を制圧し六波羅に入ったのは十五日のことである。

後は後鳥羽上皇の処分を行うだけだった。

七月十三日、後鳥羽上皇は鳥羽殿から「逆輿《さかごし》」によって隠岐《おき》へと送られた。「逆輿」とは送られる方向の逆に向かって座る罪人の扱いである。

愛妾《あいしょう》、女房衆などが供するだけのわびしさだった。

『承久記』によれば、この時、兼子も見送っている。

――卿《きょう》の二位殿、あはて参て見進《みまい》らするに、譬《たとえ》ん方ぞ無かりける

ただ、言葉もなく涙をため見送るばかりだった。

この後、後鳥羽上皇は、十八年にわたって隠岐で過ごし、その間、『新古今和歌集』の再編に精魂《せいこん》を傾けることになる。

〈承久の乱〉から四年後、嘉禄《かろく》元年（一二二五）七月、北条政子は六十九歳で没した。前年六月には義時が亡くなっている。

この際に義時の後妻らによる陰謀事件が発覚した。政子は後妻に加担すると見られた三浦義村の邸を、深夜一人で訪れて動きを封じ、事件を鎮圧《ちんあつ》した。

政子は最晩年まで尼将軍としての気概と手腕を失わなかったのである。

鞠子は、政子の死に際して葬所の仏事を執《と》り行い、実子同様に一年の喪《も》に服した。

政子が亡くなった年の十二月に元服して頼経《よりつね》と名を改めた三寅は、翌年、将軍宣下《せんげ》を受けて四代将軍となった。さらに四年後、鞠子を正室とした。

将軍正室となった鞠子は唯一《ゆいいつ》、頼朝の血を引く生き残りとして鎌倉御家人の尊崇《そんすう》を

集めた。

政子の後継者となったのだが、四年後には死産のため世を去った。鞠子の死はひとびとに衝撃を与えた。

――京、鎌倉御嘆き

と当時の記録にもある。

鎌倉を女系でつなぐという政子の夢は頓挫《とんざ》したかに見えた。しかし、頼経の子には北条氏の娘が嫁《とつ》いだ。さらにその後、将軍として京から迎えた親王に嫁《か》した公家の娘も北条氏の猶子とされた。

女系の形式をとったのだ。

こうして鎌倉幕府は、滅亡にいたるまで武家政権でありながら、京から皇族将軍を迎えるという独特の政治形態を取り続ける。

政子は〈女人入眼〉を果たしたのである。

不疑

一

中国の漢《かん》の時代、京兆尹《けいちょういん》という役職があった。

漢の都、長安《ちょうあん》の知事と警察長官を兼ねた役職で、日本で言えば徳川《とくがわ》幕府の江戸《えど》町奉行に似ている。

それだけに難しい役職で、地方の行政官として良い成績を上げて京兆尹になっても長くて二、三年、早い者では一年か数ヶ月で失態を犯して罷免されたという。

難職の京兆尹の中で辣腕《らつわん》と言われたのは、

——雋不疑《しゅんふぎ》
である。

雋不疑は渤海《ぼっかい》郡の生まれで若くして勉学に励み、郡の官史登用資格の「文学」に選ばれた秀才でもあった。

漢の武《ぶ》帝の末年、諸国に群盗が蜂起《ほうき》した時、直指使者（勅命検察官）になった暴勝之《ぼうしょうし》が諸郡を巡察した際に見出《みいだ》された。

この時、暴勝之の宿舎に呼び出された不疑は進賢冠（儒者の冠）をかぶり、裾《すそ》の広がった衣に幅広の帯をしめ、腰には玉環を下げ、大きな木彫りの柄の長剣を吊《つ》っていたという。

宿舎の門前で門番から長剣を脱するように言われた不疑は、

「剣は君子の武備で外すわけにはいかない、どうしても外せと言われるのなら、これで帰らせていただく」

と言った。

暴勝之が急いで出てみると背高く、がっしりとした体格、眉《まゆ》が秀で鼻筋がとおり、ととのった顔立ちの偉丈夫だった。暴勝之は一目で気に入り朝廷に推挙し不疑は青州《せい》（山東省《さんとう》）の刺史《しし》に任じられた。

刺史は郡守を考課する役職である。

武帝が崩じ昭帝《しょう》が即位した時、青州では斉王《せい》の孫の劉沢《りゅうたく》という男が謀反を企《たくら》み刺史の不疑を殺そうとした。

しかし計画は露見し、不疑は自ら出向いて劉沢を捕らえた。この時、劉沢は激しく抵抗し、切りつけた剣の傷痕《きずあと》が、その後も不疑の右頬に残った。

この功によって不疑は京兆尹に抜擢《ばってき》された。

京兆尹に就任した不疑には挿話がある。

不疑は毎日、管内を巡視して逮捕された囚人の裁きに間違いがないかを調べてまわったが、不疑の母は不疑が巡視から帰ってくると必ず、

「きょうは何人の罪を軽くし命を助けてやったか」

と訊《き》いた。不疑が何人だと答えるとにこにこしてよくしゃべり、一人も助けなかったと聞くと怒って食事もしなかった。

このため不疑は厳格でありながらも決して残酷にはならなかった。

その不疑が国家をゆるがす大事件に遭遇したのは始元《しげん》五年（紀元前八二年）春のことだった。漢の繁栄を築いた武帝が没して五年後のことだ。

この日、長安の街は春霞《はるがすみ》がかかって風景をやわらかくにじませていた。風が黄塵《こうじん》を運ぶ季節である。宮殿だけでなく庶民の家の屋根にも、うっすらと黄砂が積もっている。

漢の長安は隋《ずい》、唐《とう》時代の長安とは位置がややずれて、渭《い》水《すい》よりだった。

全体が城壁で囲まれ、その中の宮殿、市場なども壁に囲まれているから二重に壁があることになる。

当時、中国の人口は三千万人ぐらいで、このうち長安の人口は五十万人だったとい

う。

城内には八つの大通りがあり、西北部に東西二つの市場があった。

市場の通りは道行く人の肩がこすれあって衣がすり切れ車は途中で向きを変えることができないほどのにぎわいだった。

混雑の中を黄色い仔牛《こうし》にひかせた車が通っていった。

人々が思わず、その車に目をとめたのは、牛だけでなく車も黄色に染まっていたからだ。というのも車に乗っている男は黄色い単衣《ひとえ》を着て黄色の帽子をかぶり黄色い旗を立てていた。黄色は天子の色である。

黄色をこれだけ使った男の姿が人目をひいたのも無理はない。

男は四十ぐらいで背が高い。目が切れ長で色白の立派な顔をしている。美鬚《びしゅ》が胸までたれていた。街の人々は、

「何者だ、あれは」

「頭がおかしいのではないか」

「それにしては堂々としているではないか」

「どこへ行くのであろう」

と囁《ささや》き交わした。そのうち車の跡をつけて行く物好きな男も出て来た。

さらに男の風体を面白がる子供たちも車について、ぞろぞろと歩き出した。

やがて車は城内南西側の未央《びおう》宮北門に着いた。

北門は朝廷への上奏を受けつける門である。

車を止めると黄色い衣の男は悠然と降りてきて門衛に、

「わしは衛《えい》太子だ、取り次げ」

と大きな声で告げた。

門衛は、いきなり言われて最初は何のことかわからなかった。

やがて男の言った意味を理解すると今度は足がぶるぶると震え出した。

無理もない、衛太子は武帝の長子だったが九年前に反乱を起こして死んでいたからだ。門衛だけではない、車についてきた庶人たちもぎょっとした。

「衛太子様だと言うぞ」

「まさか、偽者だろう」

「いや偽者だったら宮殿ですぐにばれるではないか」

「ではなんだ、亡霊だというのか」

口々に言い交わすうちに黄色い男が、この世のものではないような気がしてきて、しだいに後退《あとずさ》りしていった。

その時、門の中から門衛の知らせを聞いて公車令《こうしゃれい》が、あわただしく出てきた。

公車令は上奏を受けつける担当官だ。

公車令は、男の顔をまじまじと見ていたが、あっと声をあげると、またあわただしく門内に駆け込んでいった。男は、その様子を見てからからと笑うと車に乗って座り込んだ。どうやら、しばらく宮殿の対応を待つつもりのようだ。

宮殿内では、大騒ぎになっていた。

公車令が上司に門前に衛太子を名のる男が来ていると報告したうえで、

「わたしは衛太子に拝謁したことがありますが、門前の男はよく似ております」

と言ったからだ。すぐに昭帝に上奏された。

昭帝は武帝の没後、八歳で即位し、この年、十三歳。武帝には六人の男子があり昭帝弗陵《ふつりょう》は末子だった。

長子の衛太子拠《きょ》が乱を起こして死んだ時、昭帝は四歳だった。

衛太子の顔も覚えていない。

衛太子を名のる男が出てきた、と聞いて昭帝は困惑した。

傍らにいた大将軍の霍光《かくこう》も眉をひそめた。

昭帝の朝廷では霍光と左将軍の上官桀《じょうかんけつ》が最高実力者である。

特に霍光は、武帝時代に匈奴《きょうど》の討伐に軍功をあげた票騎《ひょうき》将軍霍去病《かくきょへい》の異母弟であり、昭帝が太子のころからの傅《ふ》(守り役)でもあったことから信頼を得ていた。

四十すぎ、色白で目もとがすずしく髭《ひげ》やもみあげが黒々と美しい男だ。

冷静、細心な性格で宮中の者たちは霍光が興奮して声を荒らげたり、不用意に失敗したりするところを見たことがない。

宮殿の門をくぐっての出入りでも、止まったり進んだりする時に足を置く場所が決まっているといわれた。郎や僕射《ぼくや》などの官吏たちが、こっそり目印をつけて見ていたところ、霍光が足を置いた場所は一寸と違わなかったという。

門前の男の話を聞いた霍光は端整な容貌《ようぼう》を一瞬陰らせたが、すぐに常の温容に戻った。

「宮中には、衛太子の顔を覚えている者がおります、すぐに見につかわします」

霍光が慎重になったのは、衛太子の反乱については冤罪《えんざい》だったという見方が根強く、武帝も衛太子を死なせたことをひそかに後悔していたからだ。

衛太子の反乱が起きたのは征和《せいわ》二年（紀元前九一年）の夏だった。

発端は、「巫蠱《ふこ》事件」である。

巫蠱とは、呪《まじな》いによって人に害悪をもたらすことだ。

漢の朝廷では巫蠱事件が、たびたび起きている。

四十八年前の元光《げんこう》五年（紀元前一三〇年）、当時の陳《ちん》皇后が木人形を使って武帝を呪詛《じゅそ》したとして皇后から廃され離宮に謹慎させられた。

代わって皇后になったのが、衛太子の母で武帝に美貌《びぼう》を愛されて卑賤《ひせん》の歌姫から成り上がった衛皇后だった。

第一の巫蠱事件で利益を得たのは衛皇后だったが、第二の巫蠱事件では衛皇后が火の粉を浴びることになった。

宮中で呪詛が行われているという訴えを聞いた武帝は、この時、六十六歳。長安から七十キロ離れた離宮の甘泉宮《かんせん》に避暑に行っていた。

武帝は老いるにつれて往年の気概を失い猜疑心《さいぎしん》が強くなっている。呪詛を本当だと信じて、ただちに直指繡衣使者《ちょくししゅういししゃ》（勅任検察官）の江充《こうじゅう》に捜査を命じた。

このことが衛太子の不幸になった。

江充は、かねて衛皇后、衛太子と仲が悪く衛太子が帝位についた時には殺されるのではないか、と危惧《きぐ》を抱いていた。

ところが、このころ衛皇后は容色が衰え武帝の寵愛《ちょうあい》は鉤弋《こうよく》夫人（昭帝の母）に移っている。そこに巫蠱事件が起きたのだ。

江充にとって衛太子を罪に落とし廃嫡させる絶好の機会だった。

「宮中に蠱の悪気がたちこめておりますぞ」

と言上した江充は宮殿の下の地面を掘り返し始めた。そして太子の宮殿の床下を掘り返すと桐の人形を見つけ出した。

桐の人形は針を刺して人を呪い殺す蠱である。もちろん江充がひそかに隠しておいたものだ。木人形を発見されたと聞いて衛太子は愕然《がくぜん》とした。

「江充め、わしを陥れるつもりか」

と激怒したが疑いをかけられれば潔白を証明することは難しい。追い詰められた衛太子は江充の邸《やしき》を襲って江充を殺し、その首をさらした。

さらに宮門を武装兵で固めた。江充の一族の反撃に備えるつもりだった。

長安は大混乱になり武帝は怒って兵を向かわせる騒動になった。

衛太子は囚人や無頼の徒も動員して戦ったが衆寡敵せずに敗れた。

その後、衛太子は長安の東、湖《こ》県へ逃げたが二十日後に役人に隠れ家を取り巻かれると絶望し首を吊《つ》って死んだ。

武帝は後に巫蠱事件が冤罪だったことを知り江充の一族を皆殺しにした。

そして衛太子を哀れんで長安に思子宮、湖県に帰来望思之台を建てた。

衛太子が帰ることを望んだのである。

霍光は衛太子との縁は浅くない。

武帝の時代、匈奴《きょうど》討伐に大きな功績を上げた衛青《えいせい》大将軍は衛皇后の異父弟であり、霍光を引き立てた霍去病は衛青の甥《おい》だった。

霍光は血こそつながらないものの衛皇后の人脈に連なっていたと言える。

それだけに黄色い異装の人物が衛太子を名のって宮門に突然現れたことに、無気味で不吉なものを感じた。

霍光が不吉な予感を抱いているころ北門前では公卿《くぎょう》、将軍らが出てきて黄色い帽子をかぶった男の顔をじろじろとながめていた。

誰もが、ため息をつくばかりで何も言わなかった。

この時、衛太子の顔を鑑定に来た者たちは一様に不思議な感覚にとらわれていた。

顔は瓜二《うりふた》つなのである。しかし声や態度は違う。

男が近づいて来た公卿たちの中に知った顔を見出《みいだ》したらしく親しげにかけてくる声は奇妙なほどに甲高かった。それも、どこか調子外れなのだ。

人々は無気味なものを感じた。

北門前に衛太子の噂《うわさ》を聞いて集まった群衆は、しだいにふくれあがり五万にも達した。

このため右将軍は宮門に兵を整列させて警戒した。

しかし、それ以上、どうしたらよいのかわからなかった。

男の鑑定に来た公卿や将軍たちも同じことだった。群衆をかきわけるようにして一人の男が出てきた。進賢冠をかぶり木彫りの柄の長剣を腰に吊っている。

――雋不疑
だった。不疑は、この日、巡視に出かけていたが宮殿での騒ぎを聞いて駆けつけたのだ。

不疑は賊捕掾《ぞくほえん》（盗賊を捕らえる下級官僚）の周爽《しゅうそう》と游徼《ゆうきょう》（巡査）の白勝《はくしょう》がいるのに気づくと、

「何をしている、不埒《ふらち》者を早く捕らえぬか」

と厳しい声で言った。

周爽は三十すぎで色が黒く精悍《せいかん》な顔をした男だ。長剣を腰に吊っている。

白勝は二十三、四の眉《まゆ》が薄く鼻が低い小さな顔をした小男で以前は市井の無頼だった。二人は不疑から叱咤《しった》されると、一瞬、驚いた顔になったが、すぐに顔を引き締め車の男に駆け寄った。衛太子を名のる男は二人に腕をつかまれ牛車から引きずり降ろされてもあわてなかった。

「わしを捕らえたりすると一族ことごとく誅殺《ちゅうさつ》されるぞ」

不疑は男に近づいて、

「これは職務である。汝《なんじ》を捕らえたのは京兆尹の雋不疑だ」

とひややかに言った。公卿たちの中から白髪、白い顎鬚《あごひげ》をたくわえ背が低く太った赤ら顔の老人が出てきた。

「雋不疑よ、真偽のほどは、まだわからぬ。慎重にした方がよいのではないか」

と呼びかけた。御史大夫《ぎょしたいふ》の、

――桑弘羊《そうこうよう》
だった。桑弘羊は塩、鉄、酒の専売制を定め国家が地方ごとに物資の売買を行う「均輸・平準」の法を立案した練達の経済官僚である。

武帝時代に国庫を豊かにしたのは、この男だ。

不疑は拝手したが、表情は厳しいまま、

「昔、衛の太子蒯聵《かいがい》が父霊《れい》公の勘気をこうむって出奔しました。霊公の死後、遺言で太子の息子の輒《ちょう》が跡を継ぎ、これを知った太子が衛に戻ろうとしましたが、輒はこれを拒んで入れませんでした。孔子《こうし》の『春秋』では輒のあつかいを正しいとしています。衛太子は先帝の咎《とが》めを受けて自決もせずに逃亡した人です。もし本物が今出てきたとしても罪人にすぎません」

ときっぱり言った。桑弘羊が苦い顔になり、見物していた庶人たちから「さすがに雋不疑様だ」という声がもれた。

二

「まことに見事な措置であった」

霍光は、宮中に不疑をひそかに呼び出して褒めた。

「衛太子」は、すでに詔獄《しょうごく》（勅命で調べる罪人を入れる牢《ろう》）に入れられていた。

詔獄の中でも「衛太子」は泰然として食事や酒を要求しているという。

「今後は、いかに取り扱うべきでしょうか」

不疑は霍光の顔を見つめた。

不疑が「衛太子」を捕らえたのは、門前の群衆が数万になったのを見たからだ。

九年前の乱の時、衛太子は囚人や無頼の徒まで兵として動員している。

きょう集まった民衆の中にも、その残党がいただろう。

事態が長引けば不穏な動きが出る、と不疑は思ったのだ。

霍光は不疑を見返して顔から喜色を消した。

「あの男は、何者だと思うか」

霍光はうかがうような目で不疑を見た。

「騙《かた》り者でございましょう、死んだ太子が生き返ることなどありえません。民は亡霊太子などと口さがないことを申しておるようですが」

「衛太子は湖県で亡くなり、亡骸《なきがら》も湖県に葬られた。長安の者は誰も遺体を見ていないのだぞ」

霍光は不安そうだった。

不疑は片頰をゆるめてかすかに笑っただけだ。

(衛太子が本物だったとしたら不疑は死罪となる。それが恐ろしくないのか)

冷徹な霍光にも不疑の豪胆さは不可解だった。

「偽者だとしても、何かの狙いがあるとみなければならん」

「あの男は目立つ衣装で人々を引き連れて北門にやってきました。騒動になることを狙っておったのでしょう。あるいは、仲間がおるのかもしれません」

「だとすると背後を探る必要があるが――」

霍光は何か言いたそうに口ごもった。そして、

「もし死んだ衛太子を生き返らせた者がいるとすれば、その者は恐ろしい陰謀を企《たくら》んでいるに違いない」

とつけ加えた。不疑は、

(霍光様は、何か知っていることがあるのではないか)

と思ったが拝手するとそのまま下がった。

役所にもどった不疑は、すぐに周爽と白勝を呼んだ。

「周爽は湖県に行って衛太子が亡くなった時の様子を調べてくれ、できれば衛太子の遺体を見た者の証言を聞いてきて欲しい。白勝は、あの男が北門に来るまでの都での足取りを追ってくれ。あのような恰好《かっこう》で都に入ってきたとも思えぬ。どこかで着替えたのだ。その場所を探してくれ、あるいは男の仲間のことがわかるかもしれん」

不疑が二人を使うことにしたのは、「衛太子」の問題で二人も罪に問われるかもしれないからだ。周爽は緊張した表情でうなずくと、

「申し上げたいことがあるのですが」

「なんだ、申すことがあれば言ってみよ」

不疑に言われて周爽は思い切ったように口を開いた。

「あの騒ぎの時に白勝が怪しい男を見たのでございます」

周爽の言葉に不疑は白勝を見た。街を巡回する游徼には無頼出身の者が使われることが多い。白勝も、その一人だった。

「怪しい男とは、どのような男だ」

不疑は直接、白勝に問いかけた。

「九年前の乱の時、衛太子様の軍師だった男でございます」

「衛太子の軍師？」

「白勝の申しているのは張光《ちょうこう》という男の事でございます」

と周爽が言った。

不疑は九年前、青州にいたため衛太子の反乱の詳しいことは知らないが、周爽の話によると張光とは衛太子の食客だった男だという。衛太子に、長安の官署に勾留《こうりゅう》されている囚人を解放し市中の無頼の徒も兵に加えるように進言したのは、張光らしい。

武帝の命を受けた丞相《じょうしょう》劉屈氂《りゅうくつり》の軍が攻め寄せると、張光が率いる無頼軍は長楽宮《ちょうらく》の西門前で激しく戦って丞相軍を悩ませた。

戦いは五日間におよび、数万人が死んで血は路上から溝にまで注いだ。

乱の後、衛太子の取り巻きは、ことごとく死罪か流刑になったが張光だけは姿をくらまして捕まらなかった。

「張光の顔を、お前は知っているのか」

「九年前、わしは十四でしたが、無頼の使い走りをしておりました。乱の時にも、その者たちに言われるまま衛太子様の軍におったのです」

「それで張光の顔を覚えておったというわけか」

「頭に布をつけて商人のような身なりでしたが、あいつの狼みたいな顔は忘れません」

「衛太子を名のる男とともに張光が現れたとすれば無縁ではないな」

不疑は腕を組んで考えこんだ。周爽が膝《ひざ》を乗り出した。

「張光に通じていた無頼の者たちは今も都におります。その者たちを白勝に探らせれば、何かわかるかもしれません」

不疑は目を光らせて、

「白勝、できるか」

と訊《き》いた。

「都の裏の道なら、わしもよく知ってます。どこかで張光の奴と出くわすと思います」

白勝は自信ありげだった。


不疑は、この日、夕方まで役所にいて周爽らと打ち合わせをした後、長楽宮に近い自分の邸《やしき》へ馬車で帰った。

不疑の邸には、母のほかに三人の弟がいる。

上から仲平《ちゅうへい》、豊干《ほうかん》、朔《さく》である。不疑は三十三になるが、妹が二人いて、弟たちはその下だから、年は離れている。

仲平が二十二、豊干は十八、朔は十五だった。仲平は、すでに廷尉《ていい》（司法官）の書記として出仕し妻もいた。小柄で俊敏な目をした男だ。

豊干は身長が九尺あって兄弟の中でもっとも大柄で矛などの武術に長《た》けており日ごろは不疑に侍している。朔は色白の美少年で城内の学舎に通って学問をしていた。

不疑は邸に戻ると母の部屋にあいさつに行った。

母の傍には苑《えん》という若く美しい女がいた。

母の肩をもんでいた苑は不疑の顔を見て微笑んだ。苑は不疑が青州の刺史をしていた時の部下の李花英《りかえい》という男の妻だった。

李花英は不疑が謀反人の劉沢を捕らえた時に抵抗する劉沢の家臣に殺されている。

苑は李花英の死後、行くところが無く困窮していたため不疑が邸に引き取り家事の宰領を任せた。

不疑の邸には仲平の妻の紹《しょう》もいたが、まだ十六の紹は苑を姉のように慕っていて仲がよかった。

母も苑を気に入って頼りにしているようだ。

不疑は、家宰を置いていなかったが、苑がその役割を果たしていた。

このことについて、

「雋不疑は死んだ部下の妻を妾《しょう》にした」

と謗《そし》る者がいたが不疑は気にかけていなかった。

不疑は刺史、京兆尹という役職についた時に妻妾《さいしょう》は持たないと心に決めていたからだ。

刺史、京兆尹は、いずれも人を摘発し怨《うら》みを買う役職だけに、いつ、どのようなことになるかわからない、と思っていた。

将来の雋家は母が一番可愛がっている末子の朔に継がせればいい、と考えていた。

不疑が帰宅のあいさつをすると母は、

「衛太子様のことは、どうなりましたか」

と心配そうに訊いた。

「あの男は、衛太子ではありません。今、皆でその証拠を探しております」

「不疑は、このように言いますが、太子を名のる者がただの庶民であるわけがありません。わたしは、このことが不疑におよぶのではないか、と思って心配なのです」

母は苑にささやくように言った。

不疑の母は五十八になる、小柄な女性で、すでに髪は白い。

苑は、にこりとした。

「大丈夫でございますよ、ご兄弟が力を合わせて不疑様を助けてくださいます。どんな問題でも解決いたしましょう」

どうやら、女二人で、不疑に弟たちの力を借りさせようとあらかじめ打ち合わせていたようだ。

母は衛太子の問題が不疑の責任問題になりはしないか、と危惧《きぐ》したのだろう。こんな時は、いつも母の相談役になる苑が、不疑の弟たちの助けを借りることを思いついたのに違いない。

不疑は、苦笑して、弟たちにも手伝わせましょう、と約束すると部屋に戻った。そして家臣に弟たちを呼ばせたが、その時には、

(弟たちを使うというのは、悪い考えではないな)

と思っていた。というのも「衛太子」を名のる男が突然現れた背景には、宮中の陰謀が絡んでいそうな気がしたからだ。

弟たちが集まると頭が鋭く弁舌がたつ仲平が真っ先に口を開いた。

「兄上、衛太子の一件、できるだけ関わらぬに越した事は無いぞ」

「どうしてだ。胡乱《うろん》な者の取り調べは、わしの役目だ」

不疑は厳しい目を仲平に向けた。しかし仲平は眉《まゆ》をひそめ、

「霍光と上官桀という二人の権力者の間の雲行きが怪しいという噂を耳にしておられませぬか。去年、上官桀の息子、上官安《あん》の娘が皇后にたてられた。上官安の妻は霍光の娘だ。宮中の最高実力者二人が縁戚《えんせき》になり、その孫が皇后になったことになる。しかし、孫娘を皇后にすることに謹直な霍光は反対し続け、上官父子との間に溝ができ

ているということだ。霍光は大将軍として軍事を握り昭帝の側近くに仕えることで丞相、御史大夫ら外朝の大臣を抑えて政治を行おうとしている。外戚として宮廷で重みを増す上官父子は邪魔なのだろう。そんな時に衛太子の一件が起きたことは宮廷内での暗闘に利用されるとわたしは見ている。この一件に関わっては兄上の命すら危なくなる」

仲平は一気に考えを述べた。豊干と朔も不安げな表情になった。

不疑は黙って聞いていたが、

「だからこそやらねばならん、と思ったのだ。長安にかかる邪悪を払ってこその京兆尹だ」

不疑がきっぱりと言うと仲平は、しぶしぶうなずいた。

「それで、わしらは何をすればよいのです」

豊干がとりなすように明るい大声で言った。

「廷尉の書記として宮廷にも顔が広い仲平には朝廷内での動きを探ってもらいたい。市中に出歩くことが多い豊干と朔は白勝を助けて衛太子の足取りを追ってくれ」

不疑が言うと朔が「おもしろそうですね」と目を輝かせた。その目を見て不疑は、ふと不安を感じた。

不疑は青州刺史として謀反人の劉沢を捕らえる時にも弟たちを使ったが、その際には部下の李花英を殺されるという手痛い目にあっている。

(今度も危険があるかもしれぬが、やむを得ぬ)

不疑は弟たちが部屋から出て行くと厳しい表情になって目をつむった。


大男の豊干と小柄な朔が市中で白勝を見つけたのは、それから四日後のことだった。白勝は探索にかかってから役所には出ず家にも戻っていなかったからだ。

東市場の雑踏の中で豊干が顔見知りの白勝を見つけ朔の腕をつかんで追いかけた。白勝は何かを探しているらしく肆《みせ》の間を縫うようにして歩いていくと不意に路地に入った。

「おい、見失うな」

豊干は朔の背中を叩《たた》いて駆け出した。二人があわてて路地に入ると、白勝が一軒の家に入った。豊干と朔は家の入口に行くとこっそりのぞき込んだ。

このころの中級の家は[堂]と呼ぶ吹き抜けがある部屋が一つ、[屋]という部屋が二つあるのが普通だ。家の裏では豚を飼っていることが多い。

豊干たちがのぞき込むと家の中は薄暗く人が住んでいない空家のようだった。

白勝は家具も無く、がらんとした[堂]の中で呆然《ぼうぜん》としていた。そして豊干たちの気配を感じて、はっとして振り向いた。

「誰だ――」

白勝は、おびえたように目をむいて振り返った。

「わしだ、豊干だ」

「豊干様ですか」

白勝は、ほっとした表情になった。

「なんだ、この家は」

豊干は家の中を見まわしながら言った。

「あの男の足取りを追ったら、この家にたどりついたんですがね」

白勝は気味悪そうに見まわした。

白勝の説明では、この家には菟起《とき》というやくざ者が住んでいて、あの日、ここから黄色い装束の男が出ていくのを目撃した者がいるそうだ。

「その菟起とかいう男はいないようだな」

豊干は、つぶやくように言って家の裏手にまわった。その時、

「兄さん――」

朔が大きな声を出した。

豊干が振り向くと朔は豚小屋を指さしていた。そこには豚がいなくて男がうつ伏せ

に倒れている。男の体からは血が流れていた。

白勝が、あわてて駆け寄った。男を抱え起こした白勝は豊干を振り向いて、

「こいつが菀起ですぜ」

とうめくように言った。

白勝の目は、そのまま大きく見開かれた。

口を大きく開けて何かを叫ぼうとした時、朔が白勝にぶつかって横に倒した。家の屋根にひそんでいた男が宙に飛んで長剣で白勝に斬りかかったのだ。白勝は肩先を斬られたが転がって致命傷は避けられた。

「おのれ――」

豊干が長剣を抜き男に斬りかかった。

がっ、長剣が打ち合って火花が散った。

相手の男は三十七、八だろう。

豊干に劣らない背の高い男でひきしまった体だ。額が狭く目がくぼんで頬骨が突き出て顎《あご》が尖《とが》っている。

頬から顎にかけて鬚《ひげ》を生やし頭は布で包んでいる。粗末な短衣を着ていた。

「そいつが、張光だ」

白勝が大声で叫んだ。男は、舌打ちすると豊干に凄《すさ》まじい勢いで斬りつけ豊干がひ

るんだ隙に家の中に飛び込み、さらに表へと逃げていった。

「待て——」

豊干が後を追ったが男の姿はすでに路地から消えていた。

その間、朔は自分の衣を裂いて白勝の傷口をしばった。

豊干は家の裏手に戻ると白勝の傍に片膝《かたひざ》をついて、

「あの男が張光だというのは、まことか」

「間違いねえです。あいつ、わしの口を封じるつもりだったんだ」

「どういうことだ、この家のことか」

「いえ、この家のことは大したことじゃありません。それより、わしは菟起の野郎が妙な奴とつながりがあるのを突き止めたんでさ」

「妙な奴？　誰のことだ」

「丁外人《ていがいじん》っていう野郎でさ」

「丁外人？」

豊干は首をひねった。すると、兄さんと言いながら朔が豊干の袖《そで》を引っ張った。

「丁外人とは蓋《がい》長公主の侍従ですよ」

なぜか顔を赤らめながら朔は言った。

蓋長公主とは昭帝の一番上の姉である。鄂邑《がくゆう》侯に降嫁していたが今も長安の宮殿に住んでいる。

丁外人は蓋長公主の息子の食客だった男だが、評判の美男でいつの間にか蓋長公主の情人になっていた。このことは半ば公然の秘密で、丁外人は今では侍従として蓋長公主に仕えているという。朔の話を聞いて豊干は、そんな男がなぜ菟起のような無頼と関わっているのか、と首をひねった。

三

不疑は、その日、［衛太子］の取り調べを行った。

仮にも太子を名のる以上、広間に席を与えて問い質《ただ》した。

不疑は衛太子の乱を記録した木簡を見ながら、

「汝《なんじ》は衛太子であると名のっておるが衛太子が亡くなられたのを見た者は何人もおるのだぞ」

と厳しく言った。［衛太子］は、うすく笑った。

「それは誰だ、名を言え」

「衛太子は湖県では履《くつ》売りの貧しい男に匿《かくま》われておられたそうだ。そこで裕福な知人に援助を求める使いを出された。この使いが役人に見つかり隠れ家を取り巻かれたのだ。衛太子は逃げられぬと観念すると部屋に入って首を吊《つ》られた。この時、兵卒の張《ちょう》富昌《ふしょう》という男が、真っ先に戸を蹴破《けやぶ》って部屋に踏み込み、新安《しんあん》の令史（事務官）の李《り》寿《じゅ》が走りよって太子を抱え、首の縄をほどいた。その間に太子を匿っていた男は兵達と斬りあって死んだと記録に残されておる。少なくとも張富昌、李寿の二人が衛太子が首を吊って亡くなったところを目の前で見ているのだ」

不疑は木簡を音をたてて机に置いた。

しかし「衛太子」の表情は変わらなかった。

どこか焦点のさだまらない目つきで、

「その張富昌と李寿の二人は、わしを捕らえた功で、それぞれ太守に封じられたが、後にわしの無実がわかると誅殺《ちゅうさつ》されたではないか。わしを捕らえた者たちで、今も生きておる者はおらぬ。それだけに、わしが首を吊った後、息を吹き返し死んだことにして匿われたことを知る者もいないのだがな」

とつぶやくように言った。

「衛太子が首を吊った後に息を吹き返したのなら、先帝が衛太子の無実を知った時に出てこられたはずではないか」

不疑の目は鋭く光った。

「わしは息を吹き返した後、頭がおかしくなっていたようだ。何も思い出せず、一年ほどは自分が何者なのかもわからなくなっておった。それに、わしの失脚とともに、わが母の衛皇后は殺され、わしの四人の子もことごとく誅《ちゅう》された。記憶が戻っても、もはや名のり出る気を失っておった。その後、先帝は亡くなったし、何もかもが虚しくなったのだ」

「衛太子」の声が震え目に涙がにじんだ。

その様子を見て不疑にも、もしや本物なのか、という気持がわいて偽者だと決めつける自信がゆらいだ。

「では、なぜ、今になって名のり出る気になられたのか」

不疑は、わずかに語調をゆるめて訊《き》いた。

「すでに新帝になって五年、もはや、わしを害する者もおるまい。懐かしい長安に戻って母と妻子を弔いたいと思ったのだ」

「しかし湖県で葬られた太子は誰だったというのだ」

「わしを匿い、斬り死にした朱貴《しゅき》という男だ。わしと年が同じで、背恰好《せかっこう》も似ておった」

「朱貴?」

「わしの馬車の御者だった男だ。長安から逃げたわしは朱貴の故郷に隠れたのだ」

「しかし、汝を衛太子であると証言する者はおらぬ」

「姉の蓋長公主に会わせればすむことだ。姉ならば、わしであることがすぐにわかる」

「衛太子」は平然と言った。

「蓋長公主に？」

不疑は驚いて「衛太子」の顔を見つめていたが、突然立ち上がると左右の部下に、

「きょうの調べは、これで打ち切る。この者を詔獄に戻せ」

と命じた。

「衛太子」が公主の名を出したことに危険なものを感じたのだ。「衛太子」は、皮肉な笑いを浮かべて、ゆっくりと立ち上がると、

「京兆尹よ、なぜ、すぐに姉に会わせぬのだ。わしが太子であることが証明されれば、その方が罰せられるからであろう。姑息《こそく》なことをすれば、わしは決して許さぬぞ」

その言葉に不疑は、わずかながらたじろぐものを感じた。

（いかん、この取り調べはわしの負けだ）

不疑の額には汗がにじんでいた。

三日後に仲平は石憲《せっけん》という宦官《かんがん》の邸《やしき》を訪ねた。

仲平は宮廷で探りを入れていたが、裏情報に詳しい石憲を訪ねる前に苑に頼んで金

を用意してもらった。

石憲への賄賂《わいろ》である。苑は金を仲平に渡しながら微笑して、

「仲平様、まさか、このお金が不疑様の名を汚すようなことにはならないのでしょうね」

と訊いた。仲平は、ははっと笑った。

「ご心配なく、兄はご承知のように清廉潔白の人です。しかし、この世はそれだけでは動きません。そのために弟のわたしが陰の動きをするのです」

苑が納得したようにうなずくと仲平は、

「苑殿は、それほど兄を気遣われるのなら、兄の妻となられたらいかがですか」

と、いつも言っていることを口にした。

しかし苑は、またそのような事を、と頰を染めて笑っただけだった。

仲平は金を持って石憲の邸に行った。宦官は、言うまでもなく後宮に仕えるために男根を切断した者たちだ。このため外見からして中性化している。

五十すぎの石憲も髭《ひげ》がなく温和な顔をして肩が丸い。

老婆に似ていた。

仲平を迎えた石憲は賄賂の金を見て、にこりとした。

宦官は性欲を失い物欲が強くなる。しかも士大夫から軽蔑《けいべつ》され人間あつかいされな

い存在だけに賄賂を積まれ頼みごとをされるのが快感でもあった。

「京兆尹の弟御が、わしに何を聞きたいのかな」

石憲は、丸い目で仲平を見つめた。

「あの衛太子のことでございます」

「衛太子か――」

石憲は、にやりと笑った。

「衛太子の側近や家族は亡くなられましたが宮中の宦官の方たちは衛太子をよくご存じのはず、あの衛太子が本物かどうかは、おわかりだと思いますが」

「あの男は偽者でもあり、本物でもあろう」

「それは、どういうことですか」

「本物だと思う者が力を持っておれば偽者も本物になる。逆の場合も同じこと。宮中とは、そういうところだ。あの男が本当は何者かなどどうでもいいことだ」

「あの男は蓋長公主との面会を求めておるそうですが」

「蓋長公主か、わがままで淫乱《いんらん》な女だ」

石憲は口をゆがめた。蓋長公主が宮廷で力を持っているのは幼くして母を亡くした昭帝を養育したのが蓋長公主だったからだ。

武帝は、外戚《がいせき》の力が強くなることを恐れ昭帝の母を殺したとも言われていた。石憲

は、身を乗り出すと、

「せっかく金をくれたのだ、よいことを教えてやろう。蓋長公主の侍従で情人でもある男を知っていような」

「丁外人ですか」

「そうだ、その丁外人は上官安と遊び友達で仲がよい」

「上官安様と」

仲平の目が光った。

上官安は、娘が皇后になると桑楽《そうらく》侯に封じられ車騎将軍に昇進している。驕慢《きょうまん》な男だった。殿中で頂戴《ちょうだい》物があると下がってきてから食客たちに、

「わしの婿（昭帝）と飲んで大いに愉快だった」

と自慢した。

また、酒好きで淫蕩《いんとう》でもあり、酔うと素裸で閨房《けいぼう》に行き、父の妾や侍女たちとことごとく姦淫《かんいん》しているという。

「上官安の娘が皇后になれたのは蓋長公主の働きかけがあったからだ。上官安は、丁外人を通じて蓋長公主に娘を皇后にしてくれと頼み込んだらしいな」

「そうでしたか。わたしは上官桀様の力だとばかり思っておりました」

仲平が、首をかしげると石憲は、にやにやと笑った。

「宮中では女の力の方が強いものだ。上官桀程度の大臣がどうあがこうが何も動かぬ。上官桀も今では蓋長公主に頭があがらず、丁外人の機嫌をとる始末だ。近ごろは父子で霍光に、丁外人を官職に就け、諸侯の爵位を与えてくれと、頼み込んでおるらしい」

「諸侯の爵位を」

仲平は目を丸くした。石憲の顔に嘲《あざけ》りの色が浮かんだ。

「どこの馬の骨かわからぬ男が公主の情人だというだけで諸侯になれば大した出世だ。もっとも霍光は堅物だから、これをはねつけたようだ。おかげで蓋長公主の憎しみを買ったことであろう。情人の出世を妨げられた女の怨《うら》みの恐さを知らぬのだな」

石憲は、あたりをうかがってから仲平に顔を近づけ、

「丁外人には気をつけたがよい。奴は、前の京兆尹を暗殺したのだぞ」

とささやいた。仲平がぎょっとすると石憲はさりげなく立ち上がり拱手《きょうしゅ》した。話は終わったから帰れという意味のようだった。

「兄上、丁外人が京兆尹を暗殺したなどとまことであろうか」

仲平は、その夜、邸で不疑に石憲との話を報告した。丁外人が前の京兆尹を暗殺したという話に不疑はうなずいた。

不疑の前の京兆尹、樊福《はんふく》は役所から帰る途中の路上で何者かに矢で射殺されていた。暗殺者は蓋長公主の食客の一人だという密告があったため役人が蓋長公主の邸に向かったところ蓋長公主は丁外人、上官安とともに武装した食客、奴僕を率いて門前に現れた。そして役人たちに矢を射かけ馬で蹴散《けち》らした。

しかも、その後に蓋長公主は、

「わが家の奴僕を游徼が傷つけたのは許せぬ」

と咎《とが》めだてしたという。

不疑は市中を巡視した時、丁外人と上官安の車を見かけたことがある。

二人とも年齢は三十代半ばで贅沢《ぜいたく》な身なりをしていた。

違っているのは上官安が青白い肌の色をして醜く太って車上の姿もだらしなかったのに比べ、丁外人がととのった優雅な顔立ちをして背筋ものび若々しかったことだ。

丁外人の目には傲慢《ごうまん》な光があり、すれ違った不疑を見る目も見下すように冷たかった。あの男なら京兆尹を暗殺するという大胆なことも平然と行うだろう、と不疑は思った。

樊福は丁外人が市中の富商から金を強請《ゆす》りとっていることを知り、摘発しようとして暗殺されたのではないか、と噂されていた。

「今度の一件も丁外人の陰謀かもしれぬな」

不疑は腕を組んで考え込んだ。

「だが衛太子の偽者などをつくって丁外人に得がありますかな」

「お前が話を聞いた宦官も言ったではないか、偽者も時には本物になると。蓋長公主が認めれば獄中のあの男は衛太子だということになる」

「まさか、そのようなことが――」

「いや、たとえ、そうならなくても、あの男を使って、われわれを翻弄《ほんろう》したあげくに失態を咎め霍光様の責任を問うところまでもっていけるだろう。これは、巧妙な罠《わな》だ」

「しかし、たかが公主の情人が出世を邪魔されただけのことで、このようなことまでするものでしょうか」

「それは丁外人から見てのことだ。霍光様は今や朝廷で第一の権力者だが、その座を狙う者は多い。上官桀様もそうだし、噂では近ごろ桑弘羊が上官桀様と結んで霍光様に対抗しているということだ」

「桑弘羊が？」

「うむ、桑弘羊は国庫を豊かにした功臣だが近ごろ驕《おご》りが見える。一族の者の官職をしきりに求めておるそうだ。それに桑弘羊の政策は国が商売をして利を得るだけで民が潤わぬ。霍光様は来年には、これらの法を見直して改革を行うつもりのようだ。それで桑弘羊も反対派へまわった、というわけだ」

「それでは霍光様は孤立しておることになりますな」

うなずいた不疑は、危ういかな、と口の中でつぶやいたが、ふと、

(霍光様の包囲網には、まだ大物が陰に隠れているのではないか)

という気がした。

昭帝の霍光への信頼は厚い。それを突き崩すのには相当の覚悟がいるだろう。それだけの覚悟を決めさせるには蓋長公主の後ろ盾だけでは心もとないのではないか。そこまで考えた不疑は、はっとした。ある人物に思い当たったのだ。

(そうか、もし、そうだとすると、あの亡霊太子は、わしに仕掛けられた罠なのかもしれぬ)

不疑は背筋に冷たいものが走る気がした。


同じ夜、豊干と朔、白勝は丁外人の邸《やしき》を近くの土塀の陰から見張っていた。

丁は宮中にいることが多いのだが、たまに邸に帰ってくることがあった。

この日も夕方になって丁外人が邸に戻ってきていた。

空家で張光に襲われて以来、白勝は、この邸を見張っていた。

いつかは張光が現れるはずだ、と思ったのだ。

豊干と朔は時々、白勝に食べ物を運び交替していたが、今夜は丁外人が邸にいると聞いて一緒に見張っていた。月が中天にかかったころ邸の中はひっそりと静まっていた。

「おい、もはや丁も寝てしまったのではないか」

豊干が、あきらめたような声を出した。

「いえ丁に会いに来る奴は、いつも夜遅くに来るんですよ。それだけ人目を気にしているんじゃねえですか」

白勝は邸の門から視線をそらさずに言った。

「そんなものかな」

豊干は退屈そうに言うと地面に座り込んだ。その時、朔が、あっと声を出した。

「馬車が来ますよ」

見ると二乗の馬車が月光に黒く浮かび丁外人の邸に近づいていた。

門前で止まった馬車から数人の男が降り、別の馬車から何か大きなものを抱えおろした。男たちの中に、背が高く頰がこけた狼のような顔をした男がいるのが月明かりでわかった。

「張光だ」

白勝がうめいて、まだ傷口が痛む肩をおさえた。

男たちが抱えおろしたものは人間のようだった。それも縄で縛られた若い女と男のようだ。男の方は傷でも負っているのか、足を引きずるように歩き、男たちの一人から背中を突かれた。その一瞬、男が睨《にら》みつけるように振り向いた。

その顔が月光に白く照らされた。

白勝は、あっと息を呑《の》んだ。

「あれは周爽様だ」

男は湖県に行った賊捕掾の周爽だった。

その周爽が丁外人の邸に連れ込まれようとしているのはなぜなのか。白勝は豊干の顔を振り向いた。

周爽の顔を知っている豊干も男たちを見つめたままうなった。張光は周爽と若い女を引き立てて邸の中へと入って行く。月が陰ると豊干たち三人は闇の中に呆然《ぼうぜん》と立ちつくしていた。

四

朔が駆け戻って、丁外人の邸に周爽が捕らえられている、と報告すると不疑の決断は素早かった。すでに寝ていた仲平を起こし、家来三人を引き連れ丁外人の邸に乗り込むことにしたのだ。仲平は驚いて眉《まゆ》をひそめた。

「人数が少ない、豊干たちをいれても八人です。丁の邸には食客も大勢いるに違いない。夜が明けるのを待って役所で捕り手を集めた方がよいのではありませんか」

「それでは遅すぎる、周爽が殺されてしまえば何の証拠も残らん」

不疑は、きっぱりと言った。

「しかし、それでは――」

仲平は、なおも言いかけたが、途中で止めると身支度のために急いで部屋に戻った。

仲平が言いかけたのは不疑が、かつて刺史として青州で謀反人の劉沢を捕らえに行った時も、やはり兄弟と数人の部下だけの手勢だったということだった。このため劉沢の激しい抵抗にあって、苑の夫だった李花英が死んでいる。

しかし、そのことを一番悔いている不疑が、同じ様に少人数で乗り込むというのは余程の覚悟なのだ、と仲平は察した。

不疑は馬車で丁外人の邸に向かった。

邸の前で見張っていた豊干と白勝は、不疑が自ら出て来たことに、目を瞠《みは》って驚いた。

不疑は二人にうなずくと、すぐに邸に入るぞ、と指示した。白勝が塀を越え、中から門を開くと豊干を先頭に中に入った。

「何だ、貴様らは――」

屋敷内から下僕らしい男が走り出てきた。

「京兆尹の雋不疑だ。役目によって、この邸を調べにきた」

不疑は落着いた声で言うと中庭に向かった。

その前に食客らしい数人の屈強な男が立ちふさがった。

「京兆尹だと、この邸は蓋長公主様の侍従、丁外人様の邸だぞ。夜中に押し入ってただですむと思うな」

食客の一人が長剣を抜いた。不疑は、それに構わず進もうとした。

「こ奴――」

食客が斬りかかった。その長剣を豊干が長剣で弾《はじ》き返し男を蹴倒《けたお》した。

他の食客が、あわてて長剣を抜こうとした時、仲平が倒れた食客に長剣を突きつけ、

「動くと、この者の命が無いぞ。調べは、すぐに終わる。静かにしておれ」

と怒鳴った。不疑は、食客たちをひややかに見ただけで中庭へと入って行った。

中庭では篝火《かがりび》が焚《た》かれ、周爽と若い女が地面に引き据えられてまわりを男たちが取り囲んでいる。中庭に面した階上に丁外人がいた。その傍らに目つきが鋭い背の高い男がいるのを見た。不疑は、この者が張光だろう、と思った。

「このような夜中に何事だ」

丁外人は苦々しげに言った。不疑に邸に踏み込まれても、うろたえた様子はなかった。

「この邸に、わたしの部下が捕らわれておると聞いた。引き渡してもらおうか」

不疑は地面に倒れている周爽をちらりと見て言った。周爽のそばにいる若い女は色白で目がすずしかった。突然現れた不疑を、食い入るように見つめていた。

「その者たちは蓋長公主様に無礼をしたので罰しておるのだ。京兆尹が口をはさむことではない」

丁外人の目が蛇のように光った。丁外人の家来たちが不疑に向かって弩《ど》を構えた。あるいは、前の京兆尹の樊福は、このようにして射殺されたのかもしれない。

不疑は弩を構えた男たちをじろりと睨んだ。

「不穏なことをするな、わたしが部下も連れずに、この邸に踏み込んだと思うのか。邸のまわりは配下が取り囲んでおる。わたしを害すれば丁殿が捕らわれることになるぞ」

不疑の言葉に丁外人は、たじろいだようだった。

不疑は、すかさず豊干に周爽を抱えるように指示した。そして、

「この者たちには聞かねばならぬことがある。丁殿が、この者たちに用があるなら、あらためて役所に来ていただこう」

と言い捨てると背を向けて外へ歩き出した。

豊干が周爽を背負い朔が若い女をかばうと、仲平と白勝、三人の家来が長剣の柄に手をかけ警戒しながら続いた。

「雋不疑よ、このままですむとは思うなよ」

丁外人は憎悪のこもった目で不疑の後ろ姿を睨んで言った。


不疑が邸に戻ると、苑が周爽の傷の手当てをした。周爽は横たわったまま、あえぎながら、若い女が姜《きょう》という名で衛太子を匿《かくま》って死んだ朱貴の娘だと言った。

「朱貴の娘――」

不疑は驚いて女を見た。周爽はうなずいた。

「わたしは湖県で、この娘を捜し出し、長安に戻ろうとしましたが途中で襲われ、三人の部下は殺され、わたしたちは捕らわれました。その者たちに長安の近くまで運ばれ、あの邸の者たちに引き渡されたのです」

「襲ったのは何者だ」

「わかりませんが無頼の者ではありませんでした。あれは訓練された兵です。気になったのは男たちに北の方の訛《なま》りがあったことです。燕《えん》の者だったかもしれません」

「燕か、やはりな――」

不疑は苑をちらりと見た。苑もはっとして不疑を振り向いた。苑の夫の死に燕が関わりがあることを思い出したのだ。

「そうだ、今度の事件の背後には燕王がいるのではないか、とわしは思っている」

不疑がつぶやくように言うと仲平が目を瞠った。

「では劉沢の一件が絡んでいるのですか」

不疑は苦い顔をした。武帝には衛太子、昭帝のほかに四人の男子があった。斉王閎《こう》、燕王旦《たん》、広陵《こうりょう》王胥《しょ》、昌邑《しょうゆう》王髆《はく》である。このうち斉王閎は若くして死に衛太子が失脚した後、燕王旦は順番からいって自分が天子になれると思った。そして宮殿の警護をしようと奏上したが、このことが武帝の怒りにふれて逆に所領を削られてしまった。

武帝が崩御し、末子の弗陵が帝位につくと燕王は、

「わしこそ帝位について当然ではないか」

と野望をむきだしにした。この時燕王の陰謀に加担したのが劉沢である。

燕王は諸国に、

「若き帝は武帝の子にあらず。天下はこぞって、この偽者を討つべし」

と、ひそかに伝えた。

劉沢は臨淄《りんし》で蜂起《ほうき》の準備を進め、燕王も武器を集め、兵を訓練した。

ところが決起の直前に不疑が劉沢を召し捕り、調べは燕王にもおよんだが、突然詔勅が下って燕王の追及は中止され劉沢だけが死罪になったのである。

詔勅によって燕王が見逃された裏には同母姉の蓋長公主がいた、という噂だった。

その後、上官桀父子や桑弘羊には、燕王から莫大《ばくだい》な賂《まいない》が贈られたという。

「燕王は劉沢を召し捕り決起を阻止したわしを憎んでいるに違いない。衛太子が長安に現れたのは、わしを陥れ、さらに帝位を狙おうという燕王の策謀だろう」

不疑は、そう言うと周爽に向かって、

「だが朱貴の娘の証言だけで、あの男が偽の衛太子だと証明できるのか」

と訊《き》いた。周爽は額に汗を浮《う》かべた。

「衛太子は首を吊ったものの一度は息を吹き返したそうです。しかし、捕らえた者たちが、その場で剣で刺し殺しております。この娘は、その現場を見ておりますが、それだけではなく、まことの衛太子を証明する証拠を知っておるのです」

「なに、証拠だと」

不疑は姜を見つめた。姜は美しい顔を上げて、

「わたしは九歳でしたが、父からある事を聞きました。それは衛太子様の一族は、ことごとく殺されましたが、ただ一人、孫の男子が助かっているのです。その皇曾孫の

右腕には赤子の時に皇族であることを示す、衛太子様と同じ彫り物がされているということです」

「彫り物をしていたのか」

不疑は息を呑《の》んだ。名家では生まれた子に印として小さな彫り物をすることが、たまにある。

衛太子が彫り物をしていたとしても不思議はないが、孫にも同じ彫り物をしているのは珍しい。皇曾孫と同じ彫り物をしているかどうかで衛太子が本物かどうかがわかることになる。姜の話によると、皇曾孫は生後数ヶ月で郡邸《ぐんてい》（諸侯が上京した時に泊まる屋敷）の牢《ろう》に入れられた。この牢を管理していた役人が情け深い男で、ひそかに乳母をつけて皇曾孫を養育しているはずだという。

姜は、この話を父から聞いた。

姜と周爽が襲われたのは、この秘密を知っていたからのようだ。

「皇曾孫をひそかにかばった役人とは誰なのだ」

「丙吉《へいきつ》様でございます。丙吉様なら皇曾孫が、どこにおられるか、ご存じだと思います」

不疑は目を瞠《みは》った。

丙吉は光禄《こうろく》大夫（宮中の顧問応対役）で、五十すぎだが温厚な人格者として知られていた。意外なところに解決の糸口があるものだと不疑は思った。

十日後――、昭帝の御前で「衛太子」の取り調べが行われた。

不疑は、丙吉にひそかに会って皇曾孫の行方を突き止めると、これまでの調べの結果を霍光に報告した。

そのうえで今後に禍根《かこん》を残さないために朝廷で裁くことにしたのだ。不疑の報告を聞いた霍光は、

「まことに、あの男が偽者だと証明できるのか」

と不安げだったが不疑に押し切られた。

「衛太子」は霍光、上官桀、桑弘羊、上官安ら重臣がずらりとそろった場に引き出されても平然としていた。

壇上の御簾《みす》の向こう側に昭帝とともに蓋長公主もいた。四十代半ばの蓋長公主は太った体で窮屈そうに席に座り不疑に冷たい視線を送っていた。貂《てん》の尾の冠をかぶった丁外人もひかえている。

不疑は「衛太子」の前に立つと、

「汝《なんじ》は衛太子であると称しているが、まことの衛太子なら、この方と同じ彫り物があ

るはずだ」

と言うと傍らに控えている丙吉を振り向いた。

丙吉は微笑して隣の部屋から一人の男の子を連れて来た。

十歳ぐらいの小柄な子供である。色白ですずしい目をしている。

丙吉が庇護《ひご》して民間で育てられてきた皇曾孫だった。

名を病已《へいい》という。

丙吉は不疑から皇曾孫のことを尋ねられると最初は警戒していたが、やがて病已の存在を宮中に認めてもらう方がよいと思ったようだ。

廷臣たちの間にどよめきが起きた。衛太子の孫が生きていたことが驚きだったのだ。

「まことに皇曾孫か」

上官桀がうめいた。

すでに皇曾孫のことは知らされていたが実際に会ってみると衝撃だった。上官安は敵意のこもった目で子供を見た。

丁外人は嘲《あざけ》るような笑みを浮かべていた。

不疑は子供の傍に跪《ひざまず》くと、失礼いたす、と言いながら病已の右手をつかんで袖《そで》をたくしあげた。白く細い腕の真ん中のあたりに「十」の形の赤い彫り物があった。

人々が、ため息をついた。

十は象形文字では縦一本の棒のような線だけだった。

古代の針の形からきている。

金文（金属器に彫られた文字）では、縦の線の中央あたりに丸いふくらみがある形だ。十を数とするのは借用で完全な数というほどの意味だったという。

皇曾孫に、「十」が彫られたのも、そのような意味なのだろうか。

不疑は、［衛太子］を振り向くと、

「汝の腕を見せてみよ」

とするどく声をかけた。

［衛太子］は、むしろ嘲るように、ゆっくりと右袖をたくしあげた。そこには、やはり「十」の赤い彫り物があった。廷臣たちが、どよめき、丁外人の顔に勝ち誇ったような色が浮かんだ。

不疑は、下を向いたまま、くっくっ、と笑った。

それに気づいた上官安が、

「ひかえろ、帝の御前で無礼であろう」

と怒鳴った。

不疑は申し訳ござらぬ、と帝に向かって拝礼した。だが、そのまま［衛太子］の方を向いた。

「笑ったのは、あまりに奇妙な物を見たからだ。その彫り物は何のまねだ。これを見よ」

不疑は懐から白い布を取り出すと病已の腕をとって、彫り物をぬぐった。

するとその彫り物の上と下に新たな線が現れた。

白粉《おしろい》を塗って隠していたようだ。

布でぬぐうと「王」という文字になった。

王は、象形文字では大きな斧《おの》のことだという。金文でも一番下の横線は両側がはねあがった形になる。

十とは、はっきり形が違う。

「確かに、わたしは、あらかじめ霍光様に皇曾孫様の腕にある彫り物は十文字だと申し上げた。宮中では秘密は保たれぬと思ったからだ。やはり昨夜、詔獄に忍び込んで、この男に彫り物をした者がおったようだ。だが、その十文字こそ偽者である証《あかし》なのだ」

不疑が、ひややかに言うと「衛太子」の体が、ぶるぶると震え出し、やがて悲鳴のような声をあげて仰向《あおむ》けに倒れた。

それを見て病已は、にこりと笑った。

[衛太子]は、その後、廷尉に取り調べられ湖県で卜筮《うらない》を業としていた成方遂《せいほうすい》という者だと自供した。

もと衛太子の舎人（家来）だった男が卜筮をみてもらいに来た時に、

「そなたは姿形が衛太子に生き写しだ」

と言ったことから、死んだ衛太子に成りすますことを思いついたと白状したのだった。しかし丁外人たちとの関係については何も話さなかった。連日、書記として調べに立ち会っている仲平は、

「どうにも口の堅い男だ。詔獄でひそかに彫り物を彫らせた者のことも明かさぬ」

とあきれたように言った。

「それは、わかっておる、霍光様だ。わしから彫り物のことを聞いて、こっそり上官桀に教えたのであろう」

「まさか、そのようなことが」

「なぜ、まさか、と思うのだ」

「今回の陰謀は霍光様を陥れようとしたのです、それなのに政敵に手を貸すのですか」

「ははっ、霍光様は、そこが官僚なのだ。蓋長公主の背後に燕王がいることに気づいて恐くなったのだ。わしを捨て殺しにして偽の衛太子におもねり、生きのびようと思ったのであろう。ところが、彫り物が偽者の証拠とあっては上官桀らは霍光様にだま

されたと憤っておるに違いない。これで霍光様も燕王と対決する性根が入ったことであろう」

不疑は、笑った。不疑の推測は正しかったのだろう、霍光は間も無く不疑に、

「わしの娘を妻にしてもらいたい」

と申し込んできた。燕王との対決に備えて味方を増やしたいのだろう。不疑が苦笑して、

「その柄ではありませんので」

と断ると苑の表情が明るくなったのに仲平は気づいた。

そして母に不疑と苑のことを話して、母から不疑に苑を妻にするように勧めてもらおう、と思った。だが、母に話すと、

「それは不疑と苑にとっての亡霊が消えてからのことでしょう」

母は微笑して言った。

「兄者たちにとっての亡霊？」

「そうです、衛太子様の偽者を宮中の皆様が見破ることができなかったのは、皆様の心に衛太子様が生きていたからです。李花英は不疑をかばって死にました。だからこそ李花英は不疑と苑の心に生きているのです」

母に言われて仲平は、はっとした。

確かに李花英は劉沢の邸《やしき》に乗り込んだ時、不疑をかばって背に矢を受けて死んだのだ。

「わたしたちは李花英の亡霊が不疑たちの心から去るのを待たねばならないのですよ」

母は諭すように言った。


ひと月が過ぎ、間も無く成方遂が処刑されることが決まった日の夜、不疑は役所から馬車で帰途についた。馬車の上で豊干は手綱を操りながら、

「兄上――、あの男は丁外人たちのことは話さずに処刑されるつもりであろうか」

と言った。成方遂は、その後も丁外人たちとの関係を自白していなかった。

不疑は、うなずいただけで、何も言わなかった。

おそらく成方遂は衛太子の家臣だったのだろう、と思っていた。衛太子と顔が似ていたことを利用して復讐《ふくしゅう》を企《たくら》んだのではあるまいか。

罪を他におよぼさないようにしているのは、復讐が他の者によって行われることを諦《あきら》めていないからだろう。哀れな男だ、と思った。

その時、闇から矢が飛んで来た。不疑の冠に矢が刺さり、不疑は馬車から転げ落ちた。

「兄上――」

豊干が叫んだ時には、地面に転がった不疑に黒い影が襲いかかっていた。

黒い影の長剣が上から振り下ろされた瞬間、不疑は跳ね起きた。

さらに突いてきた長剣をかわして前に踏み出した不疑の右手には木彫りの柄の長剣があった。

　長剣が打ち合った。

「兄上、わしにまかせろ」

　豊干が叫んで駆け寄ろうとした。だが不疑は、

「構うな――」

　と鋭い声で言った。長剣を構えて向かい合った男が張光らしい、と察していた。

「張光よ、お前は丁外人らに操られて満足なのか」

　不疑が言うと、黒い影は一歩前に出た。月光に浮かんだ顔は、やはり張光だった。

「何を言うか、太子を罪に落とした不忠者が」

「馬鹿な、あの男は偽者だと自供したのだぞ」

「体はな――」

　張光は謎のようなことを口にした。目に悲しげな光があった。

「体は、だと？」

「そうだ、あの男は方術を修行しておった。太子亡き後、霊に祈り続けてきたが九年目にして、ようやく太子の霊が憑《つ》いたのだ」

「まさか、そのようなことが」

「あの男は、もともと顔が太子にそっくりだった。その男が身を太子の霊に捧《ささ》げたのだ。太子の霊が憑いたあの男は、まことの太子だった。その太子を、お前は罪に落としたのだ」

張光の目が怒りに燃えていた。

張光に言われて不疑は、成方遂を訊問《じんもん》した時のことを思い出した。

あの時、不疑も一瞬、この男は本物かもしれない、と思った。

あの時の成方遂の言葉が霊が言わせたものだとすれば納得がいくことでもあった。

「どちらが不忠者であったか、わかったか」

張光は、わめくように言うと長剣の切っ先を不疑に向けて間合いを詰めた。

張光の脳裏には、湖県の山中にある祠《ほこら》に衛太子の霊が現れた日の光景が焼きついている。

張光は、衛太子が死んだ後、成方遂とともに湖県の山中に籠《こも》った。そこで衛太子の霊を呼び戻す祈禱《きとう》を行った。

九年目のある日、空に黒雲が渦巻き、稲光がきらめくとともに風が起こり、張光は目を開けていられなくなった。

雷鳴が響き、はっとして目を開けた張光の前に立っていたのは衛太子、その人だった。

張光は、その日から衛太子の指示に従って燕に行き、燕王に画策し、さらに丁外人と接触して陰謀を進めてきたのだ。

蓋長公主の力によって衛太子を宮中に戻し、やがては帝位につかせる計画だった。

その後で燕王を誅殺《ちゅうさつ》するつもりだった。

蓋長公主や上官桀、まして丁外人が、どうなろうと構わなかった。

「彫り物のような小細工をすべきではなかった。太子は、お前の無礼を咎《とが》めて斬り捨てるだけでよかったのだ」

「あの男にどのような霊魂が憑いていたのかは知らぬ。だが、その霊魂もすでに去った。仮に、お前の言うことが正しくとも霊が帝位につくことはできぬ。衛太子の霊も、そのことを覚られたのであろう」

不疑は、そう言いながら皇曾孫を衛太子の偽者と対決させたことには別な意味があったのかもしれない、とあらためて思った。

衛太子の霊が成方遂から離れたのは、孫の皇曾孫に会ったためだったのかもしれない。血筋のうち、ただ一人生きのびた皇曾孫と会ったことが衛太子の怨念《おんねん》をはらしたのだろう。

不疑が、そう思った瞬間、

「言うな――」

張光が怒鳴ると斬りつけてきた。不疑は長剣で打ち合い、すれ違った。

張光は振り向いたが不疑をにらんだ目から、しだいに光が無くなり血が滲《にじ》むわき腹を押さえて膝《ひざ》をついた。

不疑の長剣がすれ違った瞬間に張光を斬っていたのだ。

不疑は長剣を下ろすと張光に向かって、

「あの衛太子を名のった男、まことに湖県の占師成方遂なのか、ただの占師に太子の霊が憑くとは思えぬ。違う名で死んでは浮かばれまい。まことの名があるのなら言っておけ、処刑の後でお前とともに葬ってやろう」

と静かに言った。張光は、うなずくと、

「張延年《ちょうえんねん》、わしの兄だ――」

と言い残して前のめりに倒れた。

偽の衛太子は、間も無く東の市場で胴斬りにされた。その日、不疑は、

――衛太子ト自称シ宮門ニ出頭スル者アリ、京兆尹雋不疑、春秋ノ義ニヨリ、コレヲ誅ス

と木簡に記した。

二年後、燕王旦と上官桀の謀反が発覚し、霍光は上官父子、桑弘羊、丁外人を死罪とした。この時、燕王旦と蓋長公主は、ともに自殺している。

さらに六年後、昭帝が没すると霍光は、いったん昌邑王を迎えて即位させたが不行跡を理由にこれを廃して衛太子の孫の皇曾孫、病已を立てた。これが宣《せん》帝である。

解説　圧倒的なリアル

村《むら》木《き》嵐《らん》

歴史時代小説に欠かせないものの一つは読み手に事実だと信じさせるリアリティだろう。それがあれば秀吉だけが翼を持っていてもかまわないし、馬が突如しゃべり出せばむしろ名作になる。

小説は荒唐無稽だと思われた瞬間に読者を失うが、作中人物がリアルに動いてさえいれば歴史年表は勢いよく捲《めく》れていく。歴史小説の書き手にとってこれは何にも代え難い楽しみだが、葉室さんほどその醍醐味《だいごみ》を味わい尽くされた作家も稀有《けう》だったのではないか。

単行本だけで七十冊を超し、今も新刊の出ている葉室さんが、実は作家生活わずか十二年だったことはそれほど知られていないかもしれない。ざっと逆算すれば二月《ふたつき》に一冊は著書が出ていた勘定になるが、そこに短編も加えると、生涯に書かれた作品はどれくらいにのぼったのだろう。

しかも昨年は葉室さんの七回忌の直前に、未発表の中編「不疑」が見つかった。「不疑」は原稿用紙百枚ほどのボリュームがあり、「小説 野性時代」二〇二三年十一月号で初めて公にされた。本書はその作品とともに、これまで葉室さんが文芸各誌のアンソロジー企画に寄せられていた短編をまとめたものである。

文芸誌のアンソロジー企画は、忠臣蔵、幕末といったテーマにあわせて作家が筆を競う人気のシリーズで、葉室さんはほぼ毎回、どんな時代設定のときも縦横無尽に作品を発表されてきた。人気、実力ともに高かったから可能だったのだが、ならばその秘密はどこにあったのか。

かねて葉室さんは、小説の中には必ず作者の仮託する人物がいると仰《おっしゃ》っていた。だとすれば作中最もリアルな登場人物がその人であるはずで、葉室さんの書かれるものには少なくとも必ず一人、義に篤《あつ》く、透徹した眼差しでものを見極め、己を貫く人がいる。

器用に生きる道を選ばず、ときには敗者であり弱者だと決めつけられるその人こそが、突き詰めれば葉室さんご自身だったのではないだろうか。

鬼火――

新撰組の薄幸の美剣士、沖田総司と芹沢鴨の邂逅を描く。同じ幕末の新撰組に所属しながら、芹沢は隊士の粛清に遭って命を落とし、沖田は志半ばで病に倒れる。沖田は少年時代のさる経験から笑うことができなくなったのだが、その張りつめた頑なな心を、豪快だが粗野な人物との印象が強かった芹沢がほどいていく。しょせんは人斬りだと捨て鉢になりかけていた沖田を芹沢が救う、従来の人物像を二人ともに覆した斬新な一編。

鬼の影――

赤穂浪士の吉良邸討ち入り前夜譚《たん》。大石内蔵助とその弱腰を疑う血気盛んな堀部安兵衛らが一夜、京で語り合う。それぞれの浪士がそれぞれに格別の事情を抱え、何度も立ち止まりながら運命の日へと突き進んでいく。地唄から儒教まで、大石たちを支えぬいた思想背景が明らかにされることで、鬼気迫る真の忠臣蔵群像が浮かび上がる。

ダミアン長政――

秀吉の朝鮮出兵で石田三成の讒言《ざんげん》に苦しめられた黒田長政が、禅の言葉に導かれて関ヶ原合戦で意外な役割を果たす。キリシタンだった長政は「豊臣家に神の罰を下してくれる」と言い放つ一方で、斬首される三成に、見事にはなむけとなるイエスの言葉を贈る。「義を重んじる心」を生涯忘れず、父如水もうなるほどの矜持《きょうじ》を見せた長政は、家康よりもはるかに度量が大きかった。

魔王の星——

織田信長の次女を描いた『冬姫』（集英社刊）の未収録続編。松永久秀、荒木村重らの謀反を踏み越え、天下布武に向かう信長の頭上にふしぎな彗星《すいせい》が現れる。宣教師たちは信長が異端者になることを危惧《きぐ》し、冬姫の夫・蒲生氏郷は彼らの説く「あもーる」に思いを馳《は》せる。戦国ならでは、綺羅《きら》星のごとくの武将たちの中で、信長はひときわ異彩を放つ巨大な星だった。はたして信長は、ただの魔王だったのか。

女人入眼《じゅげん》——

入眼とは官位を記した紙に名を書き入れて完成させることから、権力の掌握を意味している。鎌倉時代、北条政子が女の身でどのように辣腕《らつわん》をふるい最高権力者に上り詰めていったかを、作者は哀感をこめて静かに見守っていく。悲しい今様を口ずさむ政子は、京の冷たさに娘まで奪われながらも最後までひたむきに走り続けた。政子の一途さがいつどこで生まれ、ついに報われるかどうかが読みどころの一つ。

不疑《ふぎ》——

紀元前一世紀の中国、前漢の時代。総身を天子の黄色づくめにした美鬚《びしゅ》の男が現れ、前帝の太子だと厳かに宣言する。朝廷はもちろん、国中が騒然とする中、事態の解決を命じられたのは「日本で言えば徳川幕府の江戸町奉行」にあたる不疑だった。歴史ミステリーともいえるスリリングな展開は、作者が静謐《せいひつ》な世界ばかりを描いてきたわけではなかったことを改めて実感させる。

前漢時代の中国から幕末まで、葉室さんの描かれる舞台は実に幅広かった。作家生活の後半生は中国史の研究に余念がなかったといわれているから、「不疑」はこれから始まる新たな葉室さんの世界の魁《さきがけ》となる作品だったのかもしれない。

葉室さんは作家になる前は長く新聞記者をされていた。作家と新聞記者とはいかにも葉室さんらしいが、そのゆえに葉室さんは二人分の人生を歩まれたともいえるのではないだろうか。

葉室さんの作品がリアリティに満ちているのは、全編が卓越した知識に裏打ちされていたからだというのは今さら言うまでもない。だがそれだけでは、トラウマに苦しむ沖田総司や、人の目を痛く感じる北条政子の姿はリアルには映らない。

新聞記者とは日々、〝事実は小説より奇なり〟を目の前で見続けることだともいえる。葉室さん自身の人生には、たとえば家族を憎悪するしかない地獄も、相手を殺さなければこちらの命が奪われる戦場もなかっただろう。だが新聞記者だった葉室さんは、まさにそんな闇の真っ只中《ただなか》にいる人たちと何度出会い、そのたびにどれほど共に泣いてこられたか。あの葉室さんなら、どれほど助けたいと考え抜いてこられたか。

葉室さんの作品のリアルは、新聞記者の葉室さんが作家の葉室さんに与えたものだ。葉室さんの小説からは、登場人物たちのすぐ傍らに立ち尽くし、なんとか支えようと寄り添い続けた葉室さんの姿が見える。

初出

「鬼火」／『決戦！新選組』（講談社、二〇一七年）
「鬼の影」／『決戦！忠臣蔵』（講談社、二〇一七年）
「ダミアン長政」／『決戦！関ヶ原2』（講談社、二〇一七年）
「魔王の星」／「小説すばる」（集英社、二〇一〇年二月号）
「女人入眼」／『鎌倉残影 歴史小説アンソロジー』（KADOKAWA、二〇二二年）
「不疑」／「小説 野性時代」（KADOKAWA、二〇二三年冬号）

本書は角川文庫オリジナル短編集です。

不《ふ》疑《ぎ》

葉室麟《はむろりん》短編《たんぺん》傑作選《けつさくせん》

葉室《はむろ》 麟《りん》

令和6年 1月25日　初版発行

発行者●山下直久

発行●株式会社KADOKAWA
〒102-8177　東京都千代田区富士見2-13-3
電話　0570-002-301（ナビダイヤル）

角川文庫 24001

印刷所●株式会社暁印刷
製本所●本間製本株式会社

表紙画●和田三造

●お問い合わせ
https://www.kadokawa.co.jp/（「お問い合わせ」へお進みください）
※内容によっては、お答えできない場合があります。
※サポートは日本国内のみとさせていただきます。
※Japanese text only

ISBN 978-4-04-113876-2　C0193

角川文庫発刊に際して

角川源義

第二次世界大戦の敗北は、軍事力の敗北であった以上に、私たちの若い文化力の敗退であった。私たちの文化が戦争に対して如何に無力であり、単なるあだ花に過ぎなかったかを、私たちは身を以て体験し痛感した。西洋近代文化の摂取にとって、明治以後八十年の歳月は決して短かすぎたとは言えない。にもかかわらず、近代文化の伝統を確立し、自由な批判と柔軟な良識に富む文化層として自らを形成することに私たちは失敗して来た。そしてこれは、各層への文化の普及滲透を任務とする出版人の責任でもあった。

一九四五年以来、私たちは再び振出しに戻り、第一歩から踏み出すことを余儀なくされた。これは大きな不幸ではあるが、反面、これまでの混沌・未熟・歪曲の中にあった我が国の文化に秩序と確たる基礎を齎らすためには絶好の機会でもある。角川書店は、このような祖国の文化的危機にあたり、微力をも顧みず再建の礎石たるべき抱負と決意とをもって出発したが、ここに創立以来の念願を果すべく角川文庫を発刊する。これまで刊行されたあらゆる全集叢書文庫類の長所と短所とを検討し、古今東西の不朽の典籍を、良心的編集のもとに、廉価に、そして書架にふさわしい美本として、多くのひとびとに提供しようとする。しかし私たちは徒らに百科全書的な知識のジレッタントを作ることを目的とせず、あくまで祖国の文化に秩序と再建への道を示し、この文庫を角川書店の栄ある事業として、今後永久に継続発展せしめ、学芸と教養との殿堂として大成せんことを期したい。多くの読書子の愛情ある忠言と支持とによって、この希望と抱負とを完遂せしめられんことを願う。

一九四九年五月三日